MANFRED HELLWEG

Der gestohlene Zwilling

das ist längst noch nicht alles . . .

Viele Jahre quälte mich ein Traum von einer Zwillingsschwester. Immer und immer mehr hat dieser Traum mein Leben bestimmt.

Das Gefühl, nicht allein auf der Welt zu sein, habe ich schon seit meiner Kindheit. Zu erfahren dass am anderen Ende der Welt noch jemand ist, der meine Gefühle teilt, ist eine echte Sensation.

MANFRED HELLWEG

Der gestohlene Zwilling

**Zu schön um wahr zu sein,
eine fiktive Geschichte.**

Personen und Handlungen sind frei erfunden.
Etwaige Ähnlichkeiten mit real existierenden
Menschen sind rein zufällig
und nicht beabsichtigt.

Bibliografische Information der Deutschen National-bibliothek:
Die Deutsche Nationalbibliothek verzeichnet diese Publikation in der Deutschen Nationalbibliografie; detaillierte bibliografische Daten sind im Internet über http://dnb.dnb.de abrufbar.

© 2016 Autor: Manfred Hellweg

Herstellung und Verlag: BoD – Books on Demand, Norderstedt

ISBN: 978-3-8391-4796-2

Vorwort

Als ich kurz nach der Jahrtausend-Wende von meiner Leukämie-Erkrankung erfuhr, erinnerte ich mich an einen ganz bestimmten Gedanken der mich nicht mehr los ließ: „Sollte mich in den nächsten Jahren auch einmal dieser teuflische Krebs erwischen, werde ich mich mit allen mir zur Verfügung stehenden Mitteln gegen diesen Bastard zur Wehr setzen. Mich wirst du nicht klein kriegen!"

Seit der endgültigen Krebs-Diagnose gebe ich ihm keine ruhige Minute mehr. Mehrmals täglich spreche ich mit meinen roten Blutplättchen und fordere sie auf sich die Parasiten, wie ich die Leukozyten nenne, vom Hals zu halten. Nur sie können diese Parasiten vernichten. Sobald sie neue Leukozyten entdecken ist es ihre Aufgabe sie zu eliminieren.

Ich will schließlich trotz allem ein hohes Alter erreichen.

Der gestohlene Zwilling

Der zweite Weltkrieg bestimmte in meinen ersten Jahren unser aller Leben. Meine Eltern hatten eine kleine 2-Zimmer-Wohnung direkt an der Hauptstraße, genau gegenüber eines Straßenbahn-Depots.

Manchmal wussten wir nicht was lauter war, der Rangierlärm der ein- und ausfahrenden Straßenbahnen oder der Lärm der aufheulenden Sirenen wenn es mal wieder am Himmel dunkel wurde und die fremden Flugzeuge über uns hinwegdonnerten und ihre Bomben abwarfen.

Wenn die Sirenen aufheulten war es sogar schon vorgekommen, dass wir es nicht mehr schafften den rettenden Luftschutzbunker auf der anderen Straßenseite zu erreichen, der sich unter dem Straßenbahn-Depot verbarg. Um dort hinzukommen, mussten wir über die Straße, dann über den sehr großen Vorplatz laufen, auf dem die einzelnen Straßenbahnen abgestellt waren. Immer weiter bis hinter die große Halle, um durch die versteckte Tür an der Rückseite den rettenden Luftschutzbunker zu erreichen.

Ich war noch zu klein um selbst dorthin zu gehen, so war ich auf meine Mama oder meine Oma angewiesen, die mich trugen. Sie hatten mich in dicke Decken gehüllt, bestimmt damit ich den Fliegerlärm und die lauten Detonationen der explodierenden Bomben nicht hören sollte.

Einen anderen Grund konnte es eigentlich nicht geben, es sei denn, es war kalt. Es kam auch öfter vor, dass wir den rettenden Straßenbahn-Bunker nicht mehr erreichen konnten, dann blieb uns nichts anderes übrig, als in unseren Keller zu eilen, denn da gab es auch einen extra gesicherten Raum, der Luftschutzbunker genannt wurde.

Ob nun der eine oder der andere Luftschutz-Bunker wirklich Schutz boten, sei dahin gestellt. Denn, ich erinnere mich ganz genau, an diesen einen, besonderen Tag, als direkt an der Ecke unseres Hauses eine Bombe einschlug. Sie verwüstete den gesamten Schreibladen, der sich dort befand. Unsere Wohnung befand sich direkt daneben und durch die Detonation war alles von den Wänden und vom Tisch gefallen, so stark war die Druckwelle.

Als dann am nächsten Tag wieder Ruhe eingekehrt war, schlich ich mich heimlich aus unserer Wohnung um mit anderen Kindern in den Trümmern dieses Schreibwarenladens nach etwas Brauchbarem zu suchen. An das, was wir dann alles gefunden und mitgenommen haben, kann ich mich nicht mehr so genau erinnern. Für uns Kinder war ja alles wichtig, denn wir konnten damals aber auch jedes noch so unwichtig erscheinende Teil gebrauchen, zum Spielen oder Basteln. Es gab doch sonst nichts.

In dieser Zeit machte ich mir um mein Umfeld noch keine Gedanken, deshalb war mir auch nie aufgefallen, dass es bei uns noch ein kleines Mädchen gab, welches genauso viele weiße Locken auf ihrem Kopf hatte wie ich und abwechselnd bei meiner Mutter oder bei meiner Oma war.

Ich wusste nicht einmal wie das Mädchen hieß. Ich war einfach zu jung. 1941 im Mai wurde ich geboren und war gerade einmal 3 Jahre alt. Da ist man zwar neugierig und will sehr viel wissen, doch an dieses kleine Mädchen hatte ich kaum eine Erinnerung.

An ein besonderes Ereignis kann ich mich aber noch genau erinnern. Wir hatten in unserer kleinen Wohnung sehr oft Besuch von einer Tante, die aus der Nachbarstadt kam. Es war immer fröhlich und lustig, alle saßen um den Kaffeetisch, scherzten und die Erwachsenen erzählten uns Geschichten, tratschten über andere Leute während sie mit einem Ohr immer auf die Sirenen und das Fliegergeräusch von draußen hörten. Dieses Treffen verlief aber ganz anders.

Ich weiß noch wie sich meine Eltern von dieser Tante verabschiedeten und plötzlich alle weinten. Ein in dicke Decken gehülltes Bündel wurde der Tante übergeben und es wurde über die Amerikaner gesprochen.

Das war es dann auch. Von dieser Tante habe ich jahrelang nichts mehr gehört. Auch meine Eltern und meine Oma sprachen mit keiner Silbe von ihr.

Es muss so in den letzten Kriegswochen gewesen sein, denn meine Mutter war mit mir auf dem Weg meinen Vater an der Nordsee zu besuchen. Ich erinnere mich deshalb so genau, weil das Schiff, auf dem mein Vater stationiert war, in einem großen offenen Container lag, ohne Wasser.

Schiffe sollten für mich auf dem Wasser schwimmen und nicht in einem Container liegen. Über eine schmale Brücke konnten wir zu dem Schiff gelangen und mein Vater schaute aus einem kleinen Fenster uns entgegen und freute sich riesig, das sahen wir ihm an.

Später erfuhr ich von meiner Mutter, dass diese kleine Kammer hinter dem Fenster die Kombüse des Schiffes war und mein Vater als Koch darin arbeitete. Es waren spannende Stunden mit meinem Vater auf dem Schiff.

Später habe ich dann von meinem Vater erfahren, dass er bei der Marine stationiert war und zwar, wie er immer so schön sagte, beim Himmelfahrts-Kommando. Dieses besagte Himmelfahrts-Kommando war ein Minensuchboot der Deutschen Marine.

Im Nachhinein ist mir klar, dass das Schiff an der Nordsee, das dort im Trockendock lag, ein Minensuchboot gewesen sein muss.

Dass die Arbeit auf solch einem Boot sehr gefährlich sein sollte, konnte ich mir als Kind nicht vorstellen. Ich freute mich einfach meinen Vater in Uniform auf einem Schiff gesehen zu haben.

Dass der Krieg dann einen Tag nach meinem 4. Geburtstag zu Ende war, habe ich nicht mitbekommen. Ich weiß nur noch, kurz vor meinem Geburtstag gab es vor unserem Haus, mitten auf der Kreuzung, vor der Brauerei eine große Bücherverbrennung. Von unserem Schlafzimmerfenster konnte man das gut beobachten. Meine

Mutter war nicht zu Hause, und so machte ich einfach das Fenster auf und stieg hindurch auf den Bürgersteig. Dadurch hatte ich einen guten Blick auf das Geschehen.

Da ich überhaupt nicht wusste, was dort auf der Straßenmitte vor sich ging, staunte ich nur über den Lärm und das Gejohle einiger Menschen, sah aber fasziniert den Flammen zu. Solch ein großes Feuer hatte ich vor kurzem schon einmal gesehen, als ich mit meiner Mutter und meiner Oma auf dem Fritzberg war, denn da wurde ein riesiges Feuer angezündet und die Menschen sangen fröhliche Lieder.

Ich sah meine Mutter nach Hause kommen und sofort kletterte ich wieder in das Schlafzimmer zurück, verschloss das Fenster, so als wäre nichts geschehen. Aber meine Mutter roch sofort, dass ich das Fenster geöffnet hatte, denn den beißenden vom Qualm verursachten Geruch konnte man deutlich im Zimmer riechen.

Sie fragte mich, was ich verbrannt hätte, doch ich hatte ja gar nichts mit dem Feuer zu tun. Was sie dann tat, ist mir auch erst viele Jahre später wieder ins Gedächtnis gekommen. Sie schaute in unserem Wohnzimmerschrank in eine bestimmte Schublade, in der sich viele Fotos befanden. In dieser Schublade war auch eine Blechdose, und diese interessierte sie sehr, denn dort hinein schaute sie ob die speziellen Fotos noch unversehrt waren.

Da ich vor einiger Zeit diese Bilder in der Blechdose gesehen hatte, war das nichts Besonderes für mich. Nur eines fiel mir auf, das Bild eines kleinen Mädchens mit hellen blonden, lockigen Haaren nahm meine Mutter an sich, drückte es an ihre Brust und küsste es.

Das hatte ich schon einige Male in der letzten Zeit beobachtet, wusste aber nicht, was es zu bedeuten hatte. Meine Gedanken beschäftigten sich immer mehr mit diesem kleinen blonden Mädchen.

Einige Tage später wurde es sehr laut vor unserem Haus. Es war der 9. Mai 1945. Ohrenbetäubender Lärm war zu hören. Alle Nachbarn öffneten deshalb ihre Fenster und Türen und schauten interessiert dem Spektakel zu. Ich habe mich genauso gefreut wie diese Nachbarn, allerdings wusste ich nicht warum.

Aus Richtung Innenstadt kamen viele große Fahrzeuge, die auf Ketten fuhren und fremde Soldaten saßen auf ihnen mit Gewehren und Fahnen, die sie hin und her schwenkten. Alle Nachbarn, wie ich sehen konnte, winkten ihnen freudestrahlend zu, manche tanzten sogar auf dem Bürgersteig vor lauter Freude.

„Wir sind frei, wir sind frei", hörte ich die Rufe der Menschen um mich herum. „Die Amis sind da, das sind Amis", kamen die Stimmen von der anderen Seite. Ein unbeschreiblicher Jubel brach aus. Ich bestaunte diese großen Fahrzeuge und erfuhr dann von einigen größeren Kindern auf der Straße, dass die Fahrzeuge amerikanische Panzer waren.

Sie bogen auf das Betriebsgelände des Straßenbahn-Depots ein und parkten da. Die Kinder aus unserer Nachbarschaft versammelten sich vor unserer Haustür. Der Werner aus unserem Haus und der Jupp aus dem Haus nebenan, in dem meine Oma wohnte, kamen und wir gingen hinüber auf das Straßenbahngelände. Wir waren so neugierig wollten wir doch genau wissen, was die Soldaten mit ihren Panzern auf dem Betriebsgelände machten.

Dort sahen wir die amerikanischen Soldaten die mit den Straßenbahnschaffnerinnen tanzten und sich umarmten. Unsere Straße war voller Menschen und alle freuten sich und tanzten auch. So viele fröhliche Menschen hatte ich in meinem Leben noch nicht gesehen. Aus allen Richtungen kamen sie und wollten die Amerikaner sehen um sich bei ihnen zu bedanken.

„Der Krieg ist aus, es ist zu Ende, wir sind endlich frei", das waren die Rufe, die ich hörte. „Danke Amerika, danke!", riefen sie immer wieder. Dass der Krieg zu Ende war, sagte mir gar nichts. Ich konnte damit nichts anfangen. Was mir aber auffiel, die Sirenen heulten nicht mehr und wir mussten nie wieder in den Luftschutzkeller gehen.

Aus östlicher Richtung schallte Glockengeläute. Es waren die Kirchenglocken unserer Gemeinde. Das Glockenläuten hörte sich fröhlich und befreiend an, nicht so traurig, wie wenn jemand verstorben war.

Nachdem die Glocken verklangen hörten wir auch keine Flugzeuge mehr, die über uns hinwegdüsten, und das Schönste, es fielen keine Bomben mehr. Sogar ich bemerkte diese Ruhe. Einige Tage später, ich kann nicht mehr genau sagen wann, kam mein Vater wieder zurück nach Hause, aber nicht mehr in Uniform. Er war einfach daheim. Ich kann mich wirklich nicht erinnern, wann ich das vorher schon erlebt hatte. Er war ganz einfach da. Für alle begann jetzt ein anderes Leben, ohne Angst. Wir spielten wieder auf dem Straßenbahngelände, obwohl das verboten und sehr gefährlich war, die ein- und ausfahrenden Straßenbahnen hätten uns beim Rangieren erwischen, verletzen und sogar töten können.

Solch ein Unfall mit diesen Bahnen war bestimmt schlimm. Aber wir Kinder hatten einfach keine Angst, die Neugierde war größer als die Angst. Mein Kumpel Jupp und ich stöberten immer auf dem Gelände herum. Manchmal schafften wir es auch in die Hallen zu kommen, in denen die Straßenbahnen abgestellt und repariert wurden. Das war ein riesiger Spaß.

Wir kletterten in die Montageschächte und konnten von unten die Bahnen sehen. Am Rande dieses Geländes hatten einige Nachbarn sich kleine Schrebergärten angelegt, die von der Straßenbahngesellschaft geduldet wurden.

Jupp`s Eltern hatten hier auch einen kleinen Garten, sogar eine Laube. Darin konnten wir uns dann verstecken, wenn wir doch einmal von den Schaffnern oder von der Aufsicht entdeckt wurden. Hier trauten sie sich nicht hinein. Diese Schrebergärten gehörten ihnen ja nicht.

Auf diesem Gelände waren allerdings auch einige richtig tiefe Löcher, in die wir hineinklettern und uns verstecken konnten. Wir wussten aber nicht, dass da in diesen Löchern manchmal Bomben lagen, die noch nicht explodiert waren. Teilweise waren sie mit Sand oder Abfall bedeckt, was uns aber nicht davon abhielt auf ihnen herum zu klettern.

Das durften wir niemandem erzählen, wir wussten auch nicht wie gefährlich das war. Einige Jahre später erfuhren wir, als unsere Straße und das ganze Gelände abgesperrt wurden, dass die Bomben in den Löchern Blindgänger waren, die dann von Spezialisten direkt vor Ort entschärft wurden.

Der Krieg war zwar zu Ende, doch was hätte alles geschehen können, wenn eine oder mehrere dieser Blindgänger durch unsere Kletterei explodiert wären? Ich durfte gar nicht daran denken, denn bis zu diesem Tag hatte ich mit meinen vier Jahren eine unbeschwerte Kindheit.

Einmal abgesehen von den Sirenen und dem Bombenalarm der uns vorher Angst machte. Um das alles abzuschätzen, war ich noch viel zu jung. Später, wenn ich darüber nachdachte, war ich froh, dass nichts passiert war.

Während des Krieges hatten die „Alliierten" dieses Straßenbahn-Depot wohl als wichtigen Punkt angesehen und ihre Bomben darüber abgeworfen. Doch es passierte manchmal auch, dass umliegende Gebäude getroffen wurden, wie unser Eckhaus.

Mitten auf dem Gelände waren zwei kleine, etwa 1,50 m hohe, Schuppen. Es war allerdings kein Dach darauf. Dort trafen und versammelten sich die Fahrer und Schaffnerinnen, wenn sie eine Pause einlegten und rauchen wollten.

Wahrscheinlich war das Rauchen in den großen Hallen bei den Straßenbahnen verboten. Mein Freund Jupp und ich konnten aber einmal beobachten, wie eine Schaffnerin und ein amerikanischer Soldat darin verschwanden. Neugierig wie Kinder sind, schlichen wir uns an diese Abstellräume heran und konnten beobachten wie der Ami hinter der Schaffnerin stand und sie immer nach vorne schupste. Erst wussten wir nicht was sie da machten, doch Jupp, er war ja schon ein Jahr älter als ich, erklärte mir dann, dass die beiden wohl Sex hatten. Schön und gut, aber was ist Sex?

Im Nebenhaus in der ersten Etage wohnte meine Oma, genau unter der Wohnung von Jupp`s Eltern. Vor dem Schlafzimmer meiner Oma war ein kleiner Balkon direkt an der Straße, von dort aus hatte ich eine tolle Aussicht auf das Straßenbahngelände auf der gegenüberliegenden Seite.

Wenn ich mal in das Zimmer durfte, habe ich immer durch die Scheiben versucht einen Blick darauf zu werfen, und speziell auf die Schuppen. Von hier oben konnte ich gut hinein schauen, doch ich habe dieses Geschupse mit einer Schaffnerin nie wieder gesehen.

In der Wohnung meiner Oma wohnte auch noch ein Bruder meiner Mutter mit seiner Frau und seinem kleinen Sohn. Die Wohnung bestand aus einer großen Küche, einem Schlafzimmer mit Balkon und einem zweiten Zimmer, das ich nicht betreten durfte.

Weil ich aber neugierig war, schlich ich mich einmal dort hinein, es sah aber nicht viel anders aus als die anderen Räume. Warum ich dort nicht hinein sollte, war mir ein Rätsel. Später erfuhr ich, dass es das Zimmer meines Onkels war der dort heimlich Schwarzarbeiten machte.

Er war Buchbinder und arbeitete an Büchern, die er mit Goldbuchstaben versah. Er band die Unterlagen dafür mit einer Fadenbindung zusammen, ganz wie er es nach altem Brauch gelernt hatte. Später hat er mir dann auch einmal gezeigt, wie das geht. Es war auch ein kleiner Ofen darin, eine kleine Druckmaschine, einige Regale mit großen Setzkästen, die voller kleiner Bleilettern waren.

Er nahm einen Winkelhaken, solche Winkelhaken benutzten die Schriftsetzer um den Text für die Bücher oder Zeitungen zusammenzustellen, setzte einen Namen aus Bleilettern, klemmte ihn fest und legte den Winkelhaken einige Zeit in den warmen Backofen. Vor ihm auf dem Tisch lag ein Buch mit einem Ledereinband auf das er eine Folie aus Blattgold legte.

Nach einiger Zeit zog er sich Handschuhe an, nahm den Winkelhaken aus dem Backofen und presste diese Buchstaben in das Blattgold, das auf dem ledernen Buchumschlag lag. Kurz danach entfernte er wieder den Winkelhaken, nahm mit einer Pinzette den Rest des Blattgoldes vom Leder und bürstete leicht über den Schriftzug. Fertig war die Goldprägung.

So entstand heimlich ein gebundenes Buch mit Ledereinband und Goldprägung, das er dann an den Auftraggeber verkaufte. Schwarzarbeit deshalb, weil es keiner wissen durfte und er auch dafür Geld bekam. Im grafischen Gewerbe war Schwarzarbeit in der damaligen Zeit strengstens verboten. Mein Onkel hätte dadurch seine Arbeit verlieren können.

Das war aber nicht der einzige Grund warum ich nicht in das Zimmer sollte. Neben den Büchern, die mein Onkel herstellte konnte er auch Bilder rahmen. Kleine, große, gedruckte und gemalte, alte Motive und moderne. Wunderschöne Bilderrahmen im Barockstil waren seine Spezialität. Sogar diese Rahmen verschönerte er mit Blattgold und an den Wänden dieses Zimmers hingen wirklich viele dieser Bilder.

Je ein Bild seiner vielen Geschwister hing auch an der Wand. Dazwischen auch ein Bild eines kleinen Mädchens mit blonden, lockigen Haaren und auffallend blauen Augen. Meine Oma hatte, so wurde mir das später erzählt, 12 Kinder. Einige davon waren als Kinder gestorben oder sind im Krieg geblieben. Der Rest traf sich ab und zu bei meiner Oma zu bestimmten Anlässen, es war dann immer sehr lustig.

Es kamen mein Onkel und meine Tante aus Köln, andere Verwandte aus Suderwich, einem kleinen Dorf und aus Antwerpen in Belgien. Es wurde meistens gefeiert bis zum nächsten Morgen. Aus

Antwerpen kam mein Onkel Hans mit Frau und Tochter. Er war wohl während des Krieges in Belgien stationiert, hatte dort seine Frau kennengelernt. Es wurde immer davon gesprochen, dass er nie wieder nach Deutschland zurückkommen würde.

Irgendwann einmal hatte meine Mutter mit mir darüber gesprochen warum er in Belgien geblieben ist. Es muss wohl etwas beim Militär gewesen sein, denn nach dem Krieg hatte er sich nicht getraut ohne weiteres in seiner Heimat aufzutauchen.

Bei diesen Feiern war meistens auch unser Pfarrer Tensundern anwesend. Da meine Oma und meine Eltern erzkatholisch waren, eigentlich kein Wunder. Ich hatte bei einem dieser Treffen Seltsames mitbekommen. Da wurde über ein kleines Mädchen gesprochen, das während des Krieges mit Hilfe dieses Pfarrers Tensundern einer Tante aus Marl übergeben wurde.

Warum, das konnte ich nicht erfahren, denn keiner erzählte etwas darüber. Ich dachte mir damals nichts dabei, denn dieses Mädchen war ja nicht da. Es muss schon etwas sehr Schlimmes gewesen sein, denn es wurde gebetet und alle Verwandten haben geweint.

1947 kam ich dann in die Schule. Mein Cousin Karl und meine Cousine Gertrud wurden gleichzeitig mit mir eingeschult. Eine katholische Schule, logisch, und wen bekamen wir als Religionslehrer, natürlich Pfarrer Tensundern, ausgerechnet ihn.

Und während einer Unterrichtsstunde in der über die Menschen gesprochen wurde, rutschte ihm dann heraus, dass Zwillinge sich unglaublich ähnlich sehen und auch in Gedanken immer zusammen sein würden, auch wenn zum Beispiel der eine Zwilling in Kanada lebte und der andere Zwilling hier in der Klasse säße.

Hallo, was war das denn? Ein Zwilling lebt in Kanada und der andere hier? Dabei schaute er mich so intensiv an, als wenn ich irgendetwas wüsste und sagte: „Was meinst du dazu?"

Ich erinnere mich noch genau, dass ich total blöd aus der Wäsche geschaut haben muss. Ich wusste auch gar nicht wie ich mich meinen Klassenkameraden gegenüber verhalten sollte. Einige schauten mich komisch von der Seite an, andere wiederum machten kleine Späße, so als wenn sie mehr wüssten. Ich natürlich wusste von nichts und als ich dann wieder zu Hause war, erzählte ich davon sofort meinen Eltern.

Sie sahen mich mit großen Augen an und wollten wissen, was er noch so erzählt habe. Aber da war nichts mehr. Mir kam das alles sehr komisch vor. Da sie aber weiter nicht nachfragten, hatte ich die Äußerung von Pfarrer Tensundern auch sehr schnell wieder vergessen. Ich machte mir weiter keine Gedanken darüber, für mich war das Leben in Ordnung.

Nachdem ich etwas älter geworden war und wir in der Schule im Geografie-Unterricht auch über Nordamerika und Kanada sprachen, merkte ich dass mich gerade diese beiden Staaten besonders interessierten. Da wollte ich irgendwann unbedingt mal hin.

Mir machte es Spaß die Namen der 50 Staaten der USA auswendig zu lernen. Damit ich sie auch wirklich alle aufzählen konnte, half mit das Alphabet dabei, denn in alphabetischer Reihenfolge vergaß ich nie einen Staat. Ich wunderte mich immer, wenn meine Eltern einen Brief aus Kanada bekamen und darin einige kanadische Dollar lagen.

Ich weiß noch, dass der Kurs des kanadischen Dollars gegenüber der D-Mark riesig war. Für einen kanadischen Dollar bekam man hier in Deutschland ca. 4,30 D-Mark. Das Geld konnten meine Eltern gut gebrauchen so kurz nach dem Krieg. Mein Vater hatte zwar einen sicheren Beruf als Maurer und verdiente auch einigermaßen, aber er war auch oft krank.

Manchmal waren auch Fotos aus Kanada dabei und ich sah in den Augen meiner Eltern große Freude beim Anblick dieser Fotos. Ich habe sie auf diese Fotos angesprochen, die sie mir dann zeigten. Ich sah die Tante und den Onkel aus Kassel. Weiter erinnerte mich noch schwach, dass sie mit einer Tante Kontakt hatten, die wir immer Tante Trautchen nannten.

Auf den Fotos waren auch ein kleiner Junge und ein kleines Mädchen zu sehen und schöne Landschaften aus Kanada und der Provinz Vancouver. Nie wurde über das kleine Mädchen gesprochen. Tante Trautchen besuchte uns ab und zu und es wurde viel über Kanada und ihre Kinder gesprochen. Sie muss mit einem Maler verheiratet gewesen sein, denn im späteren Wohnzimmer meiner Eltern hing über der Couch ein großes Bild, das meine Eltern von ihr bekommen hatten, und beide liebten das Bild sehr.

In den Anfangsjahren, meine Eltern haben 1939 geheiratet, hatten wir auf der Castroper Straße nur eine kleine 2-Zimmer-Wohnung. Um zur Toilette zu gelangen, mussten wir den wohl sechs Meter langen Flur entlang gehen, an einer anderen 2-Zimmer-Wohnung vorbei, in der Familie Krisenbach wohnte. Mit ihnen mussten wir uns Bad und Toilette teilen. Das war nicht gerade berauschend, denn es ging schon manchmal recht eng zu, aber früher war das nichts Besonderes.

Weiter erinnere ich mich noch genau, dass mein Vater seine Zeichnungen auf einem Zeichenbrett in der Wohnküche anfertigte für seine Meisterprüfung. Das Zimmer war sehr klein, vor dem Fenster stand ein Sofa, in der einen Ecke ein kleiner Tisch mit einem Radio, dem sogenannten „Volksempfänger".

An den anderen Wänden jeweils ein Küchenschrank und daneben, direkt hinter der Tür ein alter Ofen mit einem Gestänge rundherum. Dieser Ofen hatte oben eine blankgeputzte Herdplatte und an einer Seite eine große Öffnung, die man mit mehreren Ringen verschließen konnte. Hier konnte meine Mutter kochen und braten, auch auf offenem Feuer, in dem sie einzelne Ringe entfernte.

Einen Backofen hatte dieser Herd auch. Darin lagen immer zwei rote Backsteine die zu jeder

Zeit herausgenommen werden konnten. Meine Eltern wickelten sie in ein Handtuch und legten sie ans Fußende der Betten, dadurch hatten sie im Winter wenigstens ein warmes Bett.

Ich fand den Backofen genial, denn wenn im Winter Schnee lag, schickte meine Mutter mich manchmal mit nackten Füßen in den Schnee vor dem Haus. Nach einigen Minuten holte sie mich wieder ins Zimmer und ich durfte meine eiskalten Füße auf die offene Backofenplatte legen zum Wärmen. Wenn es dann in den Füßen richtig kribbelte meinte sie, das sei gut so, dann bekäme ich keine Erkältung.

Mein Vater war derjenige, der das Feuer in diesem Ofen angezündet hat. Dazu benötigte er altes Zeitungspapier welches er zerknüllte. Darauf legte er kleine, vorher gespaltene Holzscheite. Mit einem Streichholz wurde das Papier in Brand gesetzt und wenn dann das Holz richtig brannte, legte er Kohle-Briketts darauf. Später wurde dann mit einer Kohlenschütte Kohle über die Briketts geschüttet. Meistens hielt das Feuer im Herd dadurch den ganzen Tag und das Zimmer war schön warm.

Ich habe oft zugeschaut, wenn mein Vater den Ofen anlegte und er hat mir genau erklärt wie ich das tun sollte. Denn wenn über Tag einmal das Feuer ausgehen sollte, war ich ja da und konnte es wieder anzünden. So mussten wir nicht warten und frieren bis er von der Arbeit kam.

Eine Heizung gab es damals nicht und so war auch nur diese Wohnküche warm. Das andere Zimmer gegenüber war eiskalt im Winter. Es war das Schlafzimmer, in dem wir schliefen, deshalb die heißen Steine im Bett.

Einen Kühlschrank besaßen wir auch nicht, im Winter war dieses Zimmer kalt wie ein Kühlschrank. Im Sommer dagegen brachten wir alle Speisen und Getränke, die gekühlt werden sollten hinunter in unseren Keller, denn da war es sogar kühl wenn es draußen warm war. Meine Mutter hat immer viel eingekocht, so war das früher kurz nach Kriegsende. Früchte, Beeren, Gemüse und auch Suppen befanden sich in den Einmachgläsern. Auch sie lagerten im Keller in einem Regal. Sie waren beschriftet, damit man nicht lange suchen musste wenn wir etwas Bestimmtes brauchten.

Eines Tages, ich war ca. 8 ½ Jahre alt, kam mein Vater zu mir ans Bett mit einer Überraschung. Er lächelte und sagte zu mir, dass ich ein kleines Brüderchen bekommen habe. Mein Spruch darauf war: „Gott sei Dank, ein Junge und keine Schickse"! Warum ich das sagte weiß ich heute nicht mehr. Eigentlich liebäugelte ich immer damit, eine kleine Schwester zu haben. Mein Wunsch war ja auch berechtigt, wie sich viel später herausstellen sollte.

Ich wurde gefragt, ob ich einen schönen Namen für mein Brüderchen wüsste. Spontan fiel mir nur der Name Raimund ein, Raimund deswegen, weil meine Eltern mit mir manchmal Tante und Onkel in Solingen-Gräfrath, in der Nähe von Wuppertal, besuchten und diese einen kleinen Sohn hatten, der Raimund hieß.

Und wirklich, mein Brüderchen bekam den Namen Raimund und sein Geburtsdatum kann ich auch nie vergessen, der 12. 12. 49. Ein Datum, das sich mein Leben lang in mein Gedächtnis grub.

Als meine Mutter einige Tage nach der Geburt mit meinem Bruder wieder zu Hause war, wurde er nach einiger Zeit sehr krank. Es stand sehr schlecht um ihn. Der alte Pfarrer Tensundern kam immer öfter zu uns und betete mit ihr. Manchmal habe ich die Gespräche belauscht und dabei erfahren, dass meine Mutter während meiner Geburt, oder kurz danach einmal Probleme gehabt haben muss, denn sie unterhielten sich darüber, dass das Kleine ja auch überlebt habe.

Von mir war nicht die Rede, es muss sich bestimmt um das kleine Mädchen aus Kanada gehandelt haben. Es war wirklich schlecht um meinen Bruder bestellt. Von Oma hatte ich dann einmal gehört, dass sie bereits alle Hoffnung aufgegeben hatten. Es ist aber dann doch gut gegangen, denn mein Bruder lebt und ist mittlerweile 66 Jahre alt.

Er war in den zurückliegenden Jahren oft krank, vielleicht liegt das ja in den Genen, denn Vater war häufig sehr krank. Er quälte sich mit Magengeschwüren herum, war viel in Krankenhäusern und ist dann auch sehr früh verstorben. Die Magenprobleme und noch einige andere Krankheiten hat Raimund auch. Vielleicht doch Vererbung?

Mit Mutter, Tante Maria, Tante Hanna und Onkel Josef, die alle streng katholisch waren, habe ich viele Tagesreisen gemacht. Sie nannten das „Wallfahrten" nach Kevelaer, Billerbeck oder Neviges. Es wurde in der Kirche gebetet und ich habe zufällig mit angehört, als Tante Maria leise betete: „Mein Gott, warum musstest du das zulassen dass die beiden getrennt wurden? Sie sehen sich so ähnlich und jetzt ist der Junge alleine!".

Da war es wieder, das Gefühl! Ich konnte es damals in der Schule nicht beschreiben, aber ich spürte Sehnsucht und Fernweh. Mädchen meines Alters, besonders wenn sie blond waren und Locken hatten, schaute ich immer besonders sehnsüchtig nach. Etwas zog mich zu ihnen hin, nur ich war viel zu schüchtern sie auch nur anzusprechen.

Es vergingen einige Jahre, die Familie Krisenbach, die die hinteren 2 Zimmer bewohnte, war ausgezogen und meine Eltern konnten die 2 Zimmer dazu mieten, so dass wir jetzt wie viele andere Familien, eine abgeschlossene Vier-Zimmer-Etagenwohnung hatten.

Das Schlafzimmer, in dem ich sonst mit meinen Eltern gemeinsam schlief wurde nach hinten verlegt. Unsere Küche ebenfalls und ich bekam vorne mein eigenes Zimmer. Da war ich bereits ca. 11 oder 12 Jahre alt und schon mitten in der Pubertät.

Überall, wo ich Mädchen sah oder ihnen begegnete, wurde meine Sehnsucht stärker. Ich wusste damals nicht, was das zu bedeuten hatte. Vielleicht war ich ein frühreifer Junge und sah alle Mädchen mit forschenden und verlangenden Augen an?

Aufgefallen ist mir das bei einem Besuch mit meiner Mutter in Solingen-Gräfrath bei ihrer Freundin, Tante Lucy und ihrem Mann Heinz. Sie wohnten in einem kleinen Fachwerkhaus. Wenn wir dort einige Tage zu Besuch waren, konnte ich im Dachgeschoß, im Zimmer ihres Sohnes schlafen. Im Nebenzimmer schlief Tochter Mechthild, die 2 oder 3 Jahre älter war.

Zwischen beiden Zimmern gab es eine Durchreiche mit einer kleinen Schiebetür. Wenn wir abends ins Bett mussten, alberten und blödelten wir meistens noch durch diese kleine Schiebetür, bis alle einschliefen.

Ich allerdings war noch gar nicht so müde, denn meine Neugierde war geweckt. Indem ich langsam und leise das Türchen zu dem Nebenzimmer öffnete und Mechthild dabei beobachtete, wie sie sich auszog. Sie hatte schon frauliche Formen.

Dass Mechthild meine Blicke gesehen hatte, bemerkte ich nicht. Sie kam ganz dicht an die Durchreiche, streckte mir die Zunge heraus und meinte: „Erwischt! Hättest auch gerne ein Schwesterchen gehabt, vielleicht sogar eine Zwillingsschwester, oder?“

Sie überraschte mich mit dem Spruch: „Ich hätte auch gerne einen Zwillingsbruder gehabt, mein Bruder ist ja viel zu jung, und dann ist er auch noch blöd. Du bist ganz anders, du gefällst mir und dich nehme ich ernst. Was hältst du davon wenn wir beide von jetzt an, nur für uns, Zwillinge sind?“

Was sollte ich davon halten? Ich fand das toll! Das war es, was mir gefehlt hatte. Wir lachten und blödelten noch eine ganze Weile. Wir stellten uns vor wie dumm alle aus der Wäsche schauten, wenn wir morgen so nebenbei erzählten, wir wären die neuen Zwillinge.

Wir saßen gerade am Frühstückstisch, da platzte Mechthild mit der Neuigkeit heraus dass wir ab sofort Zwillinge wären. Meine Mutter erschrak, sie wurde kreidebleich und stammelte: „Mechthild, damit scherzt man nicht!“ Sie hat nicht verstanden, dass Mechthild sich nur einen Scherz erlaubt hatte.

Tante Lucy kam meiner Mutter zu Hilfe und sagte: „Mit solch lustigen Sachen kommt sie immer an, das darfst du nicht ernst nehmen." Aber da hatte sie nicht mit der Hartnäckigkeit ihrer Tochter gerechnet, denn Mechthild bestand darauf, dass wir beide ab sofort Zwillinge seien.

Einerseits tat es mir gut, dass Mechthild zu mir hielt, andererseits wusste ich auch nicht wie ich mit meinem neuen Gefühl umgehen sollte. Nur darüber konnte ich mit niemandem reden. Zu dieser Zeit hatte ich noch keinen, wie sagt man immer so schön, richtigen Freund. Ich hatte oft das Gefühl es irgendeinem Menschen mitzuteilen der mir nahe stand um mit ihm oder ihr das durchzustehen.

In dieser Situation dachte ich natürlich daran, wenn ich eine kleine Schwester hätte könnte ich ihr das doch alles anvertrauen, sie würde mich doch sicherlich verstehen. Aber diese Schwester fehlte mir eben. Jetzt hatte ich die kleine Schwester über Nacht bekommen, die mich verstand und mit der ich über alles reden konnte. Wunderbar.

Das war sicherlich auch mit ein Grund, warum ich noch viele Male nach Solingen-Gräfrath gefahren bin. Dieses Zusammengehörigkeitsgefühl machte mich einfach froh. So muss es sein, wenn man wirklich eine Zwillingsschwester hat. Diese Gedanken schossen mir durch den Kopf und plötzlich waren wieder die Andeutungen meiner Tante und des Onkels da, ja jetzt verstand ich auch die Frage von Pfarrer Tensundern nach einer Zwillingsschwester.

Es kam die Zeit in der ich mich entschloss zu den Pfadfindern zu gehen. Ich meldete mich mit einigen Schulkameraden bei den St. Georgs-Pfadfindern in Ost an. Es wurde eine sehr schöne und ereignisreiche Zeit in der ich immer jemanden hatte, mit dem ich über alles sprechen konnte. Wir machten gemeinsame Radtouren und waren häufig in Zeltlagern.

Am Lagerfeuer wurden dann die spannendsten Geschichten erzählt, die tollsten Lieder gesungen. Hier kamen wir manchmal mit Pfadfinderinnen zusammen, nur die interessierten mich nicht so, aber der Gedanke an eine Schwester war erst mal aus meinem Gedächtnis gelöscht. Dachte ich aber auch nur! Nicht gelöscht, wohl nur verdrängt.

Ich war damals 13 Jahre alt, viel mit dem Fahrrad unterwegs und noch mehr per Anhalter. So kam es auch vor, dass ich mit dem Fahrrad Onkel und Tante in Köln besuchte, oder zwischendurch wieder nach Solingen-Gräfrath über das Wochenende fuhr um mich mit meiner „pro forma Zwillingsschwester" zu treffen.

In den großen Schulferien bin ich nach Antwerpen in Belgien getrampt um meinen Onkel Hans zu besuchen. Es war schon eine abenteuerliche Reise über Köln, weiter nach Aachen, dann über Lüttich und Brüssel bis ich endlich in Wilryk, so hieß der Stadtteil von Antwerpen, in der Cederlaan 22 bei meinem Onkel ankam. Er und Tante Blanche fielen aus allen Wolken als ich bei ihnen klingelte.

Sie konnten es gar nicht glauben und wollten sofort bei meinen Eltern anrufen, aber ich versicherte ihnen, dass alles in Ordnung sei. Anrufen hätte sowieso nichts gebracht, denn wir hatten keinen Telefonanschluß in unserer Wohnung. Heimlich hatte mein Onkel dann doch bei seinem Bruder in der Firma Stölting, das war eine Buchdruckerei und Buchbinderei ganz in der Nähe unserer Wohnung, angerufen, und sich vergewissert, dass meine Eltern wussten wo ich war.

Er erzählte es mir am nächsten Tag. Seine Sorge war aber unbegründet. Er sagte mir dann auch, er habe einmal ein Gespräch zwischen meinen Eltern und seinem Bruder Heini mit angehört, wobei mein Onkel Heini zu seiner Schwester sagte: „Ihr müsst dem Jungen seine Freiheiten lassen, sonst kann es passieren, dass ihr den auch noch verliert und er schnellsten nach Kanada will. Und dann seid ihr ihn los. Denn der geht, wenn er nur dürfte."

Kaum hatte er mir das gesagt, schon war wieder dieses „mir fehlt etwas" Gefühl da. Ich wollte von Onkel Hans wissen, was es mit der Zwillingsschwester in Kanada auf sich hat. Aber er sagte mir nichts! Ich hatte mir mehr davon versprochen, denn Onkel Hans war doch mein Taufpate, und Taufpaten, so dachte ich damals, sind dazu verpflichtet ihrem Patenkind die Wahrheit zu sagen.

Aber falsch gedacht. Für mich stand jetzt wieder einmal fest, alle Verwandten wissen mehr darüber was mit Kanada ist, bloß ich bin immer der Dumme. Als Onkel und Tante dann am nächsten Morgen zur Arbeit fuhren, habe ich versucht mit meiner Cousine Yvette zu sprechen.

Sie war ein paar Jahre älter und für mich stand fest, sie weiß mehr darüber. Auch sie redete sich heraus und ließ mich abblitzen. Ich mochte sie sehr, sie war für mich eine Schönheit. Aus den Augenwinkeln beobachtete ich sie immer, wenn sie sich in der Wohnung an- oder auszog. Sie hatte kein Problem damit, halb nackt herumzulaufen.

Das Bad in deren Wohnung war der Hammer! Es befand sich neben der Küche. Es war ein ca. 2 x 2 Meter Glasverschlag aus Milchglasscheiben. So konnte niemand hinein sehen oder heraus. Ich sah nur die Silhouette von Yvette wenn sie darin verschwand und sich frisierte oder schminkte.

Manchmal wollte ich hinein gehen und sie fragen, warum mir keiner eine Auskunft über das Mädchen in Kanada geben wollte. In Gedanken wollte ich sie damit erpressen mir etwas zu erzählen, andernfalls würde ich sie bei meiner Tante anschwärzen und ihr erzählen wie aufreizend sie sich benimmt wenn ihre Eltern nicht zu Hause sind. Ich habe es doch nicht getan.

Den Gedanken daran ließ ich fallen. Irgendwann würde ich schon noch dahinter kommen. Es muss doch jemanden geben der es mir erzählt. Ich habe es also wieder einmal verdrängt und bin in die Innenstadt von Antwerpen mit dem Bus gefahren.

Von der Innenstadt zum Hafengebiet war es nicht so weit, aber irgendwie trieb es mich dort hin. Die weite Welt wollte ich sehen und wenn

möglich abhauen nach Amerika. Das hatte ich
mir schon lange geschworen, davon bringt mich
keiner ab.

Im Antwerpener Hafen lag am Kai ein riesiges
Schiff. Ich stand davor und staunte. Das hat wohl
einer der Matrosen gesehen denn von oben hörte ich eine Stimme, die rief: „Hey, wie wär`s,
willst du dir das Schiff einmal ansehen?" Nichts
lieber dachte ich, aber ist das auch erlaubt in
einer fremden Stadt einfach auf solch einen Rie-
senpott zu gehen? Was, wenn die Polizei er-
scheint und mich verhaftet?

Ich dachte: „Ich bin hier in einem fremden Land
ganz allein, soll ich mich das trauen?" Die Neugier war stärker, und so signalisierte ich dem
Mann dort oben, dass ich gerne das Schiff be-
sichtigen würde.

Daraufhin ließ er eine Treppe an der Seite des
Schiffes herunter über die ich dann hineingehen
konnte. Nach einer kurzen Begrüßung, halb auf
Flämisch und halb auf Deutsch, zeigte er mir das
Innere dieses wahnsinnig großen Schiffes. Ich
war 13 Jahre alt, 1,83 Meter groß und ziemlich
selbstbewusst. Das war vielleicht auch der Grund
warum ich eigentlich nicht ängstlich war. Alles,
aber auch alle Räume konnte ich mir ansehen,

den Maschinenraum genauso wie die Kombüse. Er meinte: „Das ist nicht die Kombüse, das ist die Küche des Schiffes." Daraufhin erzählte ich ihm von meinem Vater, der Koch auf einem Minensuchboot während des Krieges war und dort sagte man Kombüse zur Küche. Er aber lachte und verstand die Welt nicht mehr, das hatte er noch nie gehört. Machte aber nichts, er zeigte mir dann noch die Schlafräume und die Kojen der Matrosen, oder besser gesagt, der Besatzungsmitglieder.

Es dauerte eine ganze Weile, bis ich das Schiff über die Treppe, fröhlich vor mich hin pfeifend, wieder verließ. Abends erzählte ich meinem Onkel und meiner Tante davon, sie machten sich große Sorgen um mich und hatten dafür kein Verständnis. Was hätte nicht alles passieren können! Die Matrosen hätten mich entführen und dann irgendwo in der Welt an Land bringen können.

Als ich ihnen dann aber erzählte, dass alle auf dem Schiff freundlich waren und sie sahen, dass mir nichts geschehen war, beruhigten sie sich und meinten: „Davon dürfen wir aber den Eltern nichts erzählen!" War doch klar, warum sollte ich meine Eltern beunruhigen, wo doch schon genug über Kanada geheim gehalten wurde.

Es wäre ja meine Chance gewesen, mich aus dem Staub zu machen und nach meiner kleinen Schwester zu suchen aber ich war noch zu jung. Ich versuchte gar nicht mehr etwas zu erfahren, denn bei diesem Thema versteinerten die Gesichter.

Mein Onkel arbeitete in einer Zigarettenfabrik und brachte eines Tages, kurz vor meiner Heimreise eine Stange Zigaretten nach Hause, die ich für meinen Vater mitnehmen sollte. Damals hatte ich eine Parallelo-Jacke an, die meine Mutter gestrickt hatte, mit ganz weiten Ärmeln. So versteckte ich die Stange Zigaretten einfach unter meiner Achsel um ohne Schwierigkeiten durch den Zoll zu kommen.

Komisch sah ich schon aus in meiner Pfadfinderuniform mit großem Hut, einer kurzen Lederhose und darüber den Parallelo. Über die Grenze nach Deutschland musste ich immer zu Fuß gehen, so wollten es die Leute, die mich beim Trampen mitnahmen. Die Zöllner vermuteten damals wohl nicht, dass ein Junge in meinem Alter so dreist schmuggelt und ließen mich einfach gehen.

Die Zeiten waren anders, nicht wie einige Jahre später, als die Jugendlichen Haschisch für einen

Joint schmuggelten. Wir waren noch brav, wie man so schön sagt. So konnte ich unbehelligt mit der Stange Zigaretten nach Hause trampen und mein Vater freute sich natürlich riesig wieder einmal eine Stange belgische Zigaretten der Marke Tigra zu bekommen. Und dann noch geschenkt!

Es waren die ersten Jahre nach Kriegsende. Wir hatten einen kleinen Garten in der Nähe. Dort baute mein Vater Tabak an, den ich wenn er reif war, auf einer Leine Blatt für Blatt zum Trocknen aufhängen musste. Darum freute er sich auch so, wenn er mal selbst keinen Tabak schneiden musste. Das war immer sehr mühsam, er musste lange schibbeln für eine Zigarette.

Ende März, im Jahre 1955 wurde ich dann aus der achten Klasse der Volksschule entlassen. Eigentlich hätte ich ja auf das Gymnasium gehen sollen ab der fünften Klasse. Das wurde auch von meinem Klassenlehrer befürwortet, doch meine Eltern hatten dafür kein Geld. So blieb mir nichts anderes übrig, als eine Lehre als Buchdrucker zu beginnen.

Die Lehrstelle habe ich mir selbst besorgt, in dem ich mich persönlich bei mehreren Druckereien vorstellte. Bei der Druckerei Schlehuber wurde ich als Lehrling angenommen. Ich hatte mir fest vorgenommen mein Geld leichter zu verdienen als mein Vater als Maurer auf dem Bau.

Mein Vater war Maurermeister und alle seine Brüder waren auch Maurer, Maurerpolier oder Maurermeister. Einige seiner Brüder, die immer bei Wind und Wetter draußen auf den Baustellen waren, haben früher in Rente gehen müssen weil ihre Rücken total „kaputt" waren.

Zwei Brüder meiner Mutter dagegen waren schon lange im grafischen Gewerbe tätig, also nicht draußen und als Schriftsetzer und Buchbinder verdienten sie mehr Geld, wie sie immer sagten. Da war es für mich klar, dass ich auch im grafischen Gewerbe arbeiten wollte.

Ein Jahr später, während meiner Ausbildung, besuchte uns ganz unangemeldet die Tante aus Kanada mit ihrer Tochter. Die Überraschung war groß und beide blieben einige Tage bei uns. Ich kann mich sehr gut an sie erinnern, denn ich verstand mich bestens mit diesem Mädchen obwohl sie nur Englisch sprach.

Als sie zurück nach Kanada flogen, war ich sehr enttäuscht. Meine Mutter weinte und mein Vater machte auch ein trauriges Gesicht als die beiden weg waren. Einige Male kullerten sogar bei ihm die Tränen und das habe ich bei ihm vorher nie gesehen.

Während meiner Lehrzeit bin ich in den Schwimmverein Blau-Weiß Recklinghausen eingetreten. Jetzt hatte ich 2 Hobbys, einmal die Pfadfinderei und zum anderen das Schwimmen. Anfangs fuhren wir mittwochs immer mit dem Bus nach Oer-Erkenschwick in das dortige Hallenbad, weil es in Recklinghausen noch kein Hallenbad gab.

Ein oder zwei Jahre später wurde dann ein Hallenbad in Recklinghausen eröffnet. Für mich begann eine tolle Zeit im Schwimmverein.

Dort lernte ich ein Zwillingspärchen kennen, Ulla und Hanne, wir drei mochten uns sehr. Mit beiden konnte ich über alles reden. Das war genau das, was ich immer vermisst hatte. Ich konnte mit meinen Problemen zu jeder Zeit zu ihnen gehen. Sie waren diejenigen, die mir zuhörten, und auch mal einen Rat für mich hatten.

Beide waren zufällig auch noch in meinem Alter und so waren wir oft bei Schwimmwettkämpfen zusammen. Manchmal wurden wir auch vom Westdeutschen Schwimmverband eingeladen.

Das war auch immer etwas Besonderes. Wenn ich mit den beiden zusammen war, meinte ich mich genauso zu fühlen wie die beiden. So muss es sein, wenn man eine Zwillingsschwester hat, dachte ich immer, aber die lebte ja so glaubte ich mittlerweile, in Kanada.

Wie sollte ich nur mit ihr in Kontakt treten? Niemand gab mir die Adresse dieser Tante in Kanada. Telefonieren nach Kanada ging auch nicht, denn ich hatte keine Telefonnummer. Das Internet gab es noch nicht. Es war schließlich das Jahr 1956 oder 1957.

Hanne und Ulla luden mich oft zu sich nach Hause in die Villa ein. Die war riesig groß, unsere kleine Wohnung konnte man damit nicht vergleichen. Mit beiden habe ich dann aber erst ganz vorsichtig und später immer intensiver darüber gesprochen, dass ich den Verdacht hätte, eine Zwillingsschwester zu haben.

Es war für die beiden richtig spannend. Sie meinten auch, ich solle doch meine Eltern und meine anderen Tanten und Onkel mit gezielten Fragen nach meiner Zwillingsschwester bombardieren. Vielleicht würde sich dann jemand verraten oder versprechen und etwas darüber ausplaudern. Nur daran glaubte ich nicht, hatte ich doch in den letzten Jahren immer wieder gemerkt, dass gerade das Thema tabu war.

Nach einiger Zeit kam keine Post mehr aus Kanada und damit auch keine kanadischen Dollars mehr. Es war immer ein beträchtlicher Geldsegen für meine Eltern. Das viele Kranksein und die damit verbundenen Krankenhausaufenthalte trugen dazu bei, dass mein Vater nicht immer seinen vollen Lohn bekam. Er bekam dann nur Krankengeld und das war entschieden niedriger als sein Lohn.

Ich unterstützte deswegen meine Eltern auch, indem ich fast mein ganzes Lehrgeld abgab. Es war ja nicht viel, so ca. 89 D-Mark, mehr bekam ich damals nicht.

Während der Lehre bin ich zu meiner Oma gezogen. Meine Oma, die ja im Nebenhaus wohnte, war schon kränklich und kam allein nicht mehr zurecht. Deshalb hatte sie mit meinen Eltern vereinbart, dass ich bei ihr schlafen solle. Die Wohnung sei groß genug und sie wären beruhigter und brauchten sich nicht so große Sorgen machen.

Also zog ich zu meiner Oma in die Wohnung, aber offiziell nur zum Schlafen. Essen sollte ich bei meinen Eltern und auch die übrige Zeit bei ihnen verbringen. Nach ein paar Wochen blieb ich fast immer bei meiner Oma. Es ergab sich einfach und ich war froh darüber, denn so hatten meine Eltern nicht mehr die absolute Kontrolle über mich. Meine Oma drückte schon hier und da auch mal ein Auge zu und verteidigte mich sogar, wenn sie mit einigen Dingen nicht einverstanden waren.

Meine Oma war eine ganz besondere Oma für mich. Wenn ich abends etwas später nach oben kam, hat sie auf mich gewartet, selbst wenn sie schon im Bett lag und eigentlich schlafen wollte. Als ich dann herein kam, meinte sie nur: „Gut, dass du jetzt hier bist, jetzt kann ich ohne Angst einschlafen. Gute Nacht!"

Dann öffnete sie ihr Nachtschränkchen, nahm einen kräftigen Schluck aus der Pulle, drehte sich um und schlief ein. Ich hatte einmal an der Flasche gerochen und merkte, dass es Schnaps war den sie trank. Anscheinend war das das richtige Schlafmittel für sie.

Schön war es auch immer freitags. Freitag war der Tag an dem es bei meinen Eltern immer Fisch zu essen gab, wie in fast jeder katholischen Familie. Nur ich mochte Fisch nicht riechen, und schon gar nicht essen. Wenn ich von der Arbeit kam und schon vor der Wohnungstür der Fischgeruch mir fast den Atem nahm, ging ich einfach ein Haus weiter zu meiner Oma. Sie empfing mich schon mit den Worten: „Ach ja, ist ja Freitag, und Fisch ist nicht so dein Ding. Soll ich dir Bratkartoffeln machen?" Dazu brauchte ich nichts sagen, denn die Bratkartoffeln meiner Oma waren einfach Weltspitze. Oma war wirklich grandios.

Während dieser Zeit bei meiner Oma konnte ich mich manchmal unbeobachtet in das angrenzende Zimmer schleichen, in dem mein Onkel Heini gelegentlich übernachtete und seine Bücher und Bilderrahmen fertigte.

Onkel Heini wohnte schon seit einiger Zeit nicht mehr bei seiner Mutter, deshalb war ich ja auch da. Meine Oma bekam das alles nicht mehr so richtig mit, denn wenn sie in der Küche war und ihrer liebsten Beschäftigung nachging und Karten legte, schlich ich mich in das Zimmer und durchstöberte alles, was mir zwischen die Finger kam. Nur so richtig gefunden habe ich auch nichts, bis auf einige Fotos von Kanada.

Nur mit Fotos alleine konnte ich nichts anfangen. Hanne und Ulla meinten einmal zu mir, ich solle mit einem der Fotos doch zum Roten Kreuz gehen, die würden mir helfen und bestimmt etwas herausfinden. Doch das traute ich mich nicht.

Aber die beiden ließen mir keine Ruhe und schließlich habe ich mich doch bereden lassen und bin mit dem Foto zum Roten Kreuz gegangen. Leider war ich hier auch an der falschen Adresse, sie waren für solche Suchanfragen nicht zuständig.

Wenn es mit dem letzten Krieg in Verbindung gebracht werden könnte, dann ja, aber so konnten sie mir nicht helfen. Wieder war ich mit meinem Latein am Ende. Aufgeben wollte ich jetzt aber erst recht nicht.

Durch die Freundschaft mit den Zwillingen Hanne und Ulla hatte ich mehr Selbstvertrauen gewonnen. Ich wollte jetzt wissen woran ich war. Es musste doch irgendwie möglich sein mehr darüber zu erfahren.

Als meine Eltern einmal nicht zu Hause waren, durchstöberte ich unseren Kleiderschrank. Darin hatte meine Mutter immer noch einen Pappkarton mit weiteren Fotos. In diesem Karton fand ich dann endlich einen Brief aus Kanada, den sie nicht vernichtet hatten.

Jetzt hatte ich endlich die Adresse der Tante aber keine Telefon-Nr. Die Familie wohnte im District Columbia in Vancouver. Hier endete erst einmal meine Recherche.

Dadurch, dass ich jeden Tag nach Arbeitsschluss ins Hallenbad zum Schwimmen ging und die Arbeit in meinem Lehrbetrieb sehr anstrengend war, war mein Interesse an Kanada vorerst einmal in den Hintergrund gerückt. Allerdings, als ich mit meinem Freund Jupp 1958 in Pfadfinderuniform zur Weltausstellung nach Brüssel trampte, erinnerte ich mich wieder an Kanada.

Die Sehnsucht war wieder da. Wir wollten von Brüssel aus noch nach Antwerpen trampen und meinen Onkel besuchen. Ich war immer noch sehr neugierig und wollte endlich von ihm wissen, was das mit der Tante und dem Mädchen in Kanada auf sich hat. Mit 17 Jahren meinte ich, hätte ich wohl das Recht die Wahrheit zu erfahren. Mein Onkel druckste herum und meine Tante schwieg auch. Heimlich gab sie mir ein Zeichen, ich solle doch meine Cousine Yvette fragen. Sie hätte ein Foto von der Kleinen.

Das kam mir recht seltsam vor. Wieso hatte meine Cousine ein Foto von dem Mädchen? Ich wollte aber warten bis Tante und Onkel zur Arbeit waren und sie mir nicht ausweichen konnte. Ich wusste, sie arbeitete als Chefsekretärin in einem internationalen Konzern in der belgischen Hauptstadt Brüssel, sprach mehrere Sprachen und hatte auch schon einen Freund, der war Lehrer und einige Jahre älter als sie. Das konnte ich nicht verstehen, was wollte sie mit so einem alten Knacker?

Irgendwann nach langem Bitten und Betteln kam sie endlich mit der Sprache heraus. Sie erzählte mir, dass diese Tante in Kanada in Wirklichkeit eine Verwandte 3. Grades meiner Oma war und meine Eltern große Angst hatten während des zweiten Weltkrieges, dass die „Braune Brut", ihnen dieses Mädchen wegnehmen könnte.

Mit der „Braunen Brut" konnte ich nichts anfangen. Yvette erklärte mir dann aber was damit gemeint war. Es waren die Gefolgsleute von Hitler, die Nazis, die immer in braunen Uniformen zu sehen waren und für die schlimmsten Gräueltaten verantwortlich waren.

So etwas soll während der Nazi-Zeit öfter vorgekommen sein. Die Kinder waren plötzlich verschwunden und niemand wusste wohin man sie gebracht hatte. In den Kriegsjahren sind viele

Menschen von den Nazis abgeholt worden und nie mehr gesehen worden. Dass sie in Konzentrationslagern untergebracht wurden, haben wir viel später erst erfahren, als der Krieg zu Ende war. Und kleine, unschuldige Mädchen wurden in bestimmte Häuser gebracht um an ihnen zu experimentieren.

Was das bedeuten sollte konnte sie mir auch nicht sagen. Mir fiel wieder ein, dass mein Vater nach dem Krieg in einer Schublade seines Nachttisches einige Bücher hatte, die er mir gezeigt hatte, in denen viele abgemagerte Menschen zu sehen waren, die in Konzentrationslagern in Holzbetten zusammengepfercht lagen. DAS, hatte er mir immer wieder gesagt, DARF NIE WIEDER geschehen.

Meine Cousine Yvette ist in Brüssel in ihrer Firma mit vielen Berichten über diese Zeit in Berührung gekommen, die eindeutig belegen, das in bestimmten Krankeneinrichtungen während der Nazi-Zeit Experimente an weiblichen Zwillingen vorgenommen wurden.

Es gab dort einen Arzt, der mit ihnen machen konnte was er wollte. Niemand traute sich, ihn zur Rechenschaft zu ziehen. Einige Jahre später habe ich erfahren, dass dieser Arzt der berüchtigte Dr. Mengele gewesen sein soll. Seine menschenunwürdigen Experimente an Zwillingskindern waren das Schlimmste, was man sich vorstellen konnte.

Jetzt war mir klar, warum meine Eltern nicht wollten, dass ihrer Tochter, meiner Zwillingsschwester, Ähnliches widerfahren sollte. Da begriff ich auch warum sie das Mädchen in Sicherheit gebracht haben. Es muss ihnen wirklich sehr schwer gefallen sein diesen Schritt zu tun, aber es war wohl für alle das Sicherste.

Nur verstand ich nicht warum darüber nie gesprochen wurde? Ich wäre in all den Jahren nie so neugierig gewesen, hätte ich davon nur die geringste Ahnung gehabt. Sie müssen eine schreckliche Angst gehabt haben, hätte das jemand erfahren, so meinte Yvette, meine Eltern wären auch abgeholt worden. Man hätte sie vielleicht in ein Konzentrationslager gesteckt und mich mit.

So habe es ihr Vater erzählt, deshalb sollte es für immer ein Geheimnis bleiben. Jetzt verstand ich auch, warum niemand in der gesamten Verwandtschaft darüber sprach. Ich aber bin nun endlich dem Geheimnis auf die Spur gekommen. Meine Zwillingsschwester lebt und wohnt bei

einer Tante in Kanada. Jetzt war für mich wichtig
ob meine Zwillingsschwester weiß, dass sie einen
Zwillingsbruder hat. Da hatte ich eine geniale
Idee. Ich bat meine Cousine Yvette um Schreib-
papier und um einen Kugelschreiber und setzte
mich in die Küche um sofort einen Brief an meine
Tante in Kanada zu schreiben.

In diesem Brief schrieb ich ihr, erst jetzt hätte ich
von dem großen Geheimnis erfahren. Meinem
Onkel sagte ich nichts davon und meine Cousine
versprach mir auch zu schweigen. Sie nahm den
Brief an sich und versprach mir ihn am nächsten
Tag in Antwerpen zur Post zu geben. Ob sie das
allerdings auch wirklich gemacht hatte, wusste
ich nicht.

Es war unglaublich aber einige Monate später
kam wieder Besuch aus Kanada. Meine Tante
und ihre Tochter besuchten uns erneut. Es war
schon das zweite Mal innerhalb weniger Jahre. In
unserer Wohnung herrschte Alarmstimmung.
Eine ganz besondere Spannung war zu spüren.
Da ich ja offiziell nichts wusste, ließ ich mir auch
nichts anmerken.

Aber das kann ich sagen, in meinem Herzen
machte es den ganzen Tag „bum bum bum". Das
war vielleicht ein schönes Gefühl. Ich hätte Mary

umarmen und den ganzen Tag knuddeln können, so war mir zumute.

An ihren Reaktionen wie sie mit meinen Eltern und mit mir umging, merkte ich, dass sie nicht wusste wer sie in Wirklichkeit war. Mein Bruder war total verschossen in Mary, ich sah ihm deutlich an dass er sie mit strahlenden Augen ansah.

Doch ich ließ mir nichts anmerken. Ihn über meine Zwillingsschwester aufklären, sie war ja schließlich auch seine große Schwester, konnte ich nicht. Das war einzig und allein die Aufgabe unserer Eltern.

Noch nie in all den Jahren habe ich meine Eltern so genau beobachtet wie in diesen Tagen. In meiner Gegenwart merkte ich ihnen nichts an. Wie es war wenn ich nicht dabei war, und wie sie sich verhielten in Gegenwart meiner Tante, wusste ich nicht.

Ich stellte nur fest dass beide, seit Mary aus Kanada hier war, glänzende Augen hatten. Nicht so, als hätten sie Tränen vor Freude darin, nein, es waren einfach rundum glückliche und strahlende Gesichter. Aber selbst jetzt, als ich glaubte Bescheid zu wissen, ließ ich mir nichts anmerken, denn sie sollten selbst zu mir kommen und mir von ihrem Geheimnis erzählen. Schließlich war es ihre Pflicht mich und meinen Bruder darüber aufzuklären, dass wir noch eine Schwester haben. Unglaublich aber wahr, gar nichts geschah!

Ich bekam das Gefühl, dass meine Eltern sich damit abgefunden haben ihre Tochter nicht mehr zu unserer Familie zu zählen. Das war sehr schade. Ich weiß auch nicht, welche Vereinbarungen sie mit meiner Tante und dem Onkel getroffen haben.

Möglicherweise hatten sie sich das Versprechen gegeben nie mehr an dieser Situation zu rütteln. Es muss ihnen doch sehr schwer gefallen sein, wenn ich jetzt darüber nachdenke. Ich hatte ja, selbst nachdem ich das Geheimnis endlich von meiner Cousine Yvette erfahren habe, die größten Probleme!

Was mache ich bloß? Rede ich mit ihnen? Spreche ich meine Tante darauf an, oder soll ich sogar Mary damit konfrontieren? Dann habe ich mich entschieden, nichts zu unternehmen bis von deren Seite eine Entscheidung anstand.

Tage später, als ich von der Arbeit nach Hause kam, waren meine Tante und meine Zwillingsschwester abgereist. Niemand hatte auch nur angedeutet, dass sie schon wieder nach Kanada fliegen würden. Meine Enttäuschung war groß. Ich war meiner Schwester so nah gekommen und jetzt war alles vorbei.

Gar nicht so einfach, wieder allein zu sein. Abends wenn ich nicht so recht einschlafen konnte, ärgerte ich mich dann doch über mich. Immer wieder habe ich mich gefragt: „Du Schussel, warum hast du nicht das gemacht, was dir eigentlich so am Herzen lag, nämlich deine Zwillingsschwester einfach in den Arm zu nehmen und ihr alles zu erzählen? Warum warst du solch ein Feigling? Es hätte doch so schön sein können und es wäre endlich zu dem Zusammenschluss zweier Geschwister gekommen."

Wieder waren einige Jahre vergangen. Mary hatte ich erst einmal soweit es ging aus meinem Gedächtnis gestrichen. Es brachte mich nicht weiter immer nur daran zu denken. Warum ich so blöd war, mich nicht zu öffnen und alles auf eine Karte zu setzen, konnte ich mir selbst nicht erklären.

In den nächsten Jahren absolvierte ich einen Tanzkursus, vom Wettkampf-Schwimmen bin ich zum Wasserball und zu einem anderen Verein gewechselt. Dadurch hatte ich dann auch fast keinen Kontakt mehr zu Hanne und Ulla, den Zwillingen aus dem Schwimmverein Blau-Weiß.

Wie gerne hätte ich mich gerade in der damaligen Situation mit ihnen darüber unterhalten und ihnen erzählt was ich inzwischen in Erfahrung gebracht hatte. Aber leider hatten die beiden sich auch verändert, sie hatten beide jeweils einen Freund und wir sahen uns kaum noch. Dadurch waren natürlich andere Interessen auf beiden Seiten.

Ich machte in dieser Zeit Bekanntschaft mit einem besonders netten Mädchen, das mir in den nächsten Jahren nicht mehr aus dem Sinn gehen sollte. Wieso, warum, wusste ich nicht, sie war einfach immer in meinen Gedanken. Wir hatten bisher kein Wort miteinander gesprochen, das änderte aber nichts daran, dieses Mädchen hatte es mir besonders angetan.

In unserer Wasserballmannschaft spielte ab und zu auch ihr Bruder mit und jedes Mal, wenn ich ihn sah, gab ich ihm schöne Grüße mit für seine Schwester. Ich hatte aber oft das Gefühl, dass er das nicht ernst nahm und meine Grüße nicht ausrichtete. Ich bekam auf jeden Fall nie eine Rückmeldung. Immer öfter habe ich an sie gedacht, sie ging mir wirklich nicht mehr aus dem

Kopf. An meine Zwillingsschwester dachte ich kaum noch in dieser Zeit. Doch als eines Tages mein Freund, den ich im Verein beim Wasserball kennen gelernt habe und dem ich von meiner Zwillingsschwester erzählt habe, meinte: „Was hältst du davon, wenn wir beide einen Englischkursus besuchen, damit wir uns später mit ihr unterhalten können?"

Ich war überrascht, als er mir diesen Vorschlag machte, denn ausgerechnet er, der mit seinem rheinländischen Dialekt Englisch bestimmt nicht aussprechen konnte, wollte mich auf seine Art vorbereiten mit ihr in Kanada in Kontakt zu treten. Wir besuchten den Englisch-Kurs in der Berlitz-School, brachen aber nach einigen Abenden die ganze Sache wieder ab.

Eigentlich wollte mein Freund mit mir später einmal in die USA reisen um von dort nach Kanada zu fahren und meine Zwillingsschwester besuchen. Mit ihm habe ich während unserer Freundschaft einige Reisen unternommen, mal getrampt, mal mit dem Moped oder der Bahn.

Wir waren einige Male auf der holländischen Nordsee-Insel Ameland und sind dann auch einmal von dort weiter gefahren nach Antwerpen zu meiner Cousine. Dass sie diejenige war, die den

Stein erst ins Rollen gebracht hatte, hatte ich ihm erzählt. Jetzt wollte er sie kennenlernen und selbst hören wie sich die Sache verhielt. Als er Yvette sah, war er nicht mehr zu halten. Yvette hatte ihm auf der Stelle den Kopf verdreht und es dauerte eine Weile, bis ich ihm klar machen konnte, dass sie einen Freund hat und bestimmt nicht auf ihn fliegen würde.

Gott sei Dank, nahm er mir das nicht übel. Aber ein wenig verrückt war er schon. Dann konzentrierten wir uns erst einmal auf das Foto meiner Zwillingsschwester. Mein Freund meinte, wir sollten das Foto doch kopieren, es würde uns, wenn wir drüben wären vielleicht bei der Suche helfen.

Wie die Reise in die USA weiter gehen sollte, konnten wir uns damals noch nicht vorstellen. Nur der Gedanke war da, wir konnten ihn allerdings nicht realisieren, denn zu Hause wartete schon der Musterungsbescheid für die Bundeswehr.

Da hatten wir den Salat, denn zum Militär wollte keiner von uns beiden. Für uns war das verlorene Zeit. Die Musterung konnten wir nicht ablehnen. Wehrdienstverweigerung gab es zu dieser Zeit noch nicht. Das einzige, was uns übrig blieb, den

Termin der Einberufung nach hinten zu verschieben.

Beim ersten Einberufungsbescheid sollte ich zu den Panzergrenadieren kommen, den lehnte ich mit der Begründung ab, mein Vater sei krank und zur Zeit ginge das gar nicht. Das funktionierte dann auch, jedoch kaum 3 Monate später kam der zweite Einberufungsbescheid, wieder zum Heer. Auch den konnte ich verschieben aus den gleichen Gründen. Es war schon eine ganz blöde Zeit 1961.

Erst im Jahre 1955 hatte die Regierung beschlossen den Militärdienst wieder einzuführen und 1956 wurden die ersten Wehrpflichtigen eingezogen. 5 Jahre später war ich schon an der Reihe. Ich hatte gerade meine Lehre als Buchdrucker beendet und hätte jetzt Geld verdienen können.

Meinen Freund und mich traf es dann tatsächlich, wir wurden beide am 1. Oktober 1961 zum Wehrdienst eingezogen. Ich hatte jetzt beim dritten Versuch auch ein bisschen Glück, denn ich brauchte nicht mehr zu den Panzergrenadieren sondern kam zur Luftwaffe, zum Bodenpersonal. In Pinneberg, in Norddeutschland begann meine Grundausbildung. Mein Freund dagegen kam zum Heer.

Ab da haben wir uns dann aus den Augen verloren und der Traum von einer Reise nach Amerika war dahin. Den Traum, meine Zwillingsschwester zu finden, konnte ich auch begraben. Ich konnte das alles mit dem Militärdienst sowieso nicht begreifen. Die Regierung hätte doch vorerst einmal nur Freiwillige für den Militärdienst einstellen können. Es wurden dadurch viele junge Leute aus ihrem Berufsleben herausgerissen, das sie gerade begonnen hatten. Für mich war es das absolute Chaos. Es hätte doch auch anders laufen können.

12 Monate sollte mein Dienst bei der Bundeswehr dauern, es wurden aber durch blöde neue Gesetze erst 15 und dann 18 Monate. Eine absolut verlorene Zeit. Da ich diesen Wehrdienst nicht ablehnen konnte, hatte ich für mich beschlossen: „Ihr wolltet mich haben, jetzt seht auch zu wie ihr mit mir fertig werdet."

Diese Einstellung brauchte ich, denn den Wehrdienst hätte ich sonst nicht überlebt. Die Kommandos und der Drill waren nichts für mich. Ich ließ mich aber nicht aus der Fassung bringen.

Stellenweise stellte ich mich absichtlich recht dämlich an. In der Grundausbildung schaffte ich es, dass ich kein Sturmgepäck mehr tragen musste und keine Märsche mehr mitmachen brauchte. Nach der 3-monatigen Grundausbildung in Pinneberg wurde ich dann auf einen Fliegerhorst nach Tarp, kurz vor Flensburg, verlegt. Auch hier konnte und wollte ich vieles nicht begreifen. Ich stellte mich so blöd an, dass mein damaliger Staffel-Leiter nach einer Eignungsprüfung seinen Kopf schüttelte und meinte: „Das es noch Menschen mit solch niedrigem Wissen gibt, ist mir noch nicht untergekommen!"

Ich hatte diesen Eignungs-Test absichtlich dreimal vergeigt und lachte mich halb krank über die Blödheit meiner Vorgesetzten. Das hatten sie nun davon, mich zum Militär einzuberufen.

Es war nicht meine Absicht da oben in der Einöde Norddeutschlands ganz zu verblöden, ich wollte in die Nähe meines Heimatortes. Immerhin trennten mich von zu Hause fast 600 km. Und da oben in Schleswig-Holstein, kurz vor Flensburg und Dänemark war sowieso der Hund begraben. In den vielen Nächten dort in der Einsamkeit kam immer wieder ein ganz besonderes Mädchen aus meiner Heimatstadt in meine Gedanken.

Ich musste sie wiedersehen, und das ging nur, wenn ich in ihrer Nähe wäre. Was sollte ich auch auf einem Fliegerhorst? Meistens wurde ich zum

Wachdienst eingeteilt. Wir mussten dann immer abwechselnd, mal im Norden des Flughafens, dann im Süden die hier abgestellten Starfighter bewachen. Wir liefen dann zu zweit um die Hangars, in denen die Aufklärungs-Jets untergebracht waren, herum und sollten aufpassen dass keiner die Flugzeuge mitnimmt. Haha!

Welch ein Schwachsinn, als wenn hier jemand in das gut bewachte Gelände eindringen könnte und die Maschinen klauen würde. Natürlich machten wir uns darüber lustig und lästerten auch bei jeder Gelegenheit.

Das gefiel den Vorgesetzten natürlich gar nicht. Ich machte ihnen reichlich Schwierigkeiten, allein schon wenn es um das Grüßen der Vorgesetzten ging. Wie haben sie sich bemüht uns das Grüßen beizubringen, ich habe es nie richtig gemacht.

Und so musste ich sogar einige Male deswegen in den Knast gehen für einige Tage, aber das änderte auch nichts daran, ich wollte es einfach nicht kapieren. Da hatten sie halt Pech.

Nach so einer Knastzeit brachte ich meinen Staffel-Chef schier zur Verzweiflung. Ich ging zu ihm und stellte einen Antrag auf Versetzung in die Nähe meiner Heimatstadt. Das blöde und entsetzte Gesicht habe ich im Leben nie mehr vergessen. Der Major musste einem Flieger (kleinster Dienstgrad bei der Luftwaffe) wie mir die Versetzung erlauben. Pech für die Bundeswehr. Meine Zukunft durften sie mir nicht verbauen!

Mein Antrag hörte sich so an: „Mein früherer Chef im Zivilberuf hat mich zu einem Vorbereitungs-Lehrgang in der Nähe meiner Heimatstadt angemeldet, damit ich da meine Meisterprüfung in meinem erlernten Beruf machen kann. Deshalb bitte ich um Versetzung auf den Fliegerhorst nach Porz-Wahn in die dortige Stabsbildabteilung der Luftwaffe. Der genaue Lehrgangsbeginn wird mir in Kürze mitgeteilt. Es muss aber schnell geschehen, denn der Kursus zur Meisterprüfung beginnt in einem Monat. Wenn ich daran nicht teilnehmen kann, wird mir meine berufliche Zukunft verbaut.“

Es dauerte nur einige Tage und ich konnte mich von Tarp verabschieden. Endlich, dachte ich, habe ich es geschafft und wahrscheinlich sehe ich dann auch mein Mädchen wieder.

Ich hoffte natürlich sie wiederzusehen. Vielleicht hatte ich Glück und würde sie richtig kennenlernen. Ich sehnte mich nach einem weiblichen Wesen. Fast 20 Jahre musste ich von meiner Zwillingsschwester getrennt leben, sie hat mir so gefehlt. Die Trennung machte mir mehr zu schaffen als ich wahr haben wollte.

Gerade deshalb startete ich noch einen anderen Versuch meiner Schwester näher zu kommen. Durch Kameraden bei der Bundeswehr erfuhr ich, dass man eine Verlängerung der Dienstzeit beantragen kann. Man muss sich für weitere sechs Monate als Freiwilliger verpflichten.

Der Vorteil war, für diese sechs Monate bekäme man ein Freiwilligengehalt und das war entschieden höher als der Wehrsold eines Pflichtsoldaten. Am 1. und am 16. eines jeden Monats bekam ich DM 34,50. Aber wenn ich dann ein Freiwilliger wäre, würde ich pro Monat ca. DM 240,00 Sold bekommen. Allein deswegen lohnte es sich diesen Schritt zu wagen.

Das größte Hindernis in dieser Sache war mein Vater. Ich war noch keine 21 Jahre alt, also nicht volljährig. Deshalb brauchte ich von meinem Vater eine Einwilligung für diesen Schritt. Das aber war das große Problem.

Als ich ihn darauf ansprach, schüttelte er sofort den Kopf, sah mich mit großen Augen an und meinte: „Nie und nimmer! Bei diesem Verein wirst du deine Zeit absitzen und keinen Tag länger, basta!" Genau das hatte ich mir gedacht, aber es war einen Versuch wert. Und nachdem ich ihm dann auch noch sagte dass ich eventuell sogar die Möglichkeit hätte währenddessen nach Amerika zu kommen, war alles aus.

Da ich bei der Luftwaffe war, und Flugzeuge bewachte, mich aber öfter mit den Piloten unterhielt, erzählten sie mir, dass, wenn sie zur weiteren Fliegerausbildung in die USA mussten, manchmal auch einige Wehrpflichtige mit rüber flogen um zu lernen.

Meine Überlegung war folgende: wenn ich einmal in den USA bin, bekomme ich bestimmt Gelegenheit um nach Kanada zu fahren, speziell nach Vancouver um meine Zwillingsschwester zu treffen. Das erzählte ich natürlich niemandem, doch im Hinterkopf muss mein Vater eine schreckliche Angst gehabt haben. Ich hatte ja überhaupt keine Ahnung wie ich das anstellen sollte, aber so habe ich damals gedacht.

Genau das wollte mein Vater nicht. Ich glaube, er hatte zu viel Angst, dass ich Nachforschungen anstellen könnte meine Zwillingsschwester betreffend. Er ahnte ja da überhaupt nicht, dass ich das Geheimnis meiner Eltern bereits kannte.

Eigentlich hätte er sich doch Gedanken machen können und sich fragen sollen, warum der Junge immer und immer wieder von Amerika redet. Das schlechte Gewissen, und das mussten beide Eltern bestimmt haben, sollte sie eigentlich stutzig machen, denn ich hörte ja nie auf über Amerika zu sprechen. Das Glänzen in meinen Augen hätte ihnen auffallen müssen, wenn nur der Name USA fiel.

So musste ich ein weiteres Mal meinen Traum, mein zweites Ich in den Arm zu nehmen, vorerst aufgeben. Schade, aber ganz aufgeben werde ich auf keinen Fall. Das hatte ich mir geschworen. „Nie und nimmer"! Mein Vater wird sich noch wundern, dachte ich nur. Wenn ich mit der Bundeswehr fertig bin, gehe ich meinen eigenen Weg und mache sowieso nur noch das, was für mich richtig ist.

Echte Zwillinge, die zusammen aufgewachsen sind und noch nie getrennt waren, würden mich sicherlich verstehen. So etwas muss toll sein.

Vielleicht zog es mich deshalb so heftig zu diesem Mädchen hin. Urlaub oder freies Wochenende während meiner Bundeswehrzeit habe ich meistens im ca. 100 km entfernten Heimatort verbracht. Da hatte ich manchmal die Gelegenheit sie zu sehen, wenn wir im Hallenbad waren und Wasserball spielten.

Immer wieder bat ich ihren Bruder, er möge doch seiner Schwester herzliche Grüße von mir ausrichten. Ich hatte aber auch nie Gelegenheit sie anzusprechen, denn wenn ich mit dem Training fertig war, war sie verschwunden. Sie schaute manchmal dem Training zu, nur warum blieb sie nicht?

Eines Tages hatte ich endlich Glück. Es war auf einem Herbstfest im Bootshaus. Sie war zufällig auch dort. Dieses Mal startete ich einen Versuch und bat sie um einen Tanz. Mein Herz schlug rasend schnell. Sie tanzte wirklich mit mir. Es war einfach herrlich. Als ich sie später um einen zweiten Tanz bitten wollte, tanzte sie schon mit einem anderen.

Für mich war das wie eine Absage. Sie wollte wohl nichts von mir wissen. Den Schock musste ich erst einmal verarbeiten. Doch ich ließ nicht locker in der nächsten Zeit, aber das Werben um sie brachte nichts. Kein Treffen, keine Grüße, kein Flirten, nichts! Schade, dachte ich. Ich konnte sie aber nicht aus meinem Gedächtnis streichen. Jahre später kam doch noch der große Tag. Es war Karneval.

Mit einem ehemaligen Schulkameraden hatte ich mich verabredet eine Karnevalsveranstaltung im Städtischen Saalbau zu besuchen. Wir sind auch dort hingegangen, doch es gefiel mir überhaupt nicht. Nach einiger Zeit erklärte ich ihm dass es mir dort nicht gefiel.

Wie immer begriff er das natürlich wieder nicht. Er fühlte sich wohl in der Gesellschaft, ich leider nicht. So verabschiedete ich mich und fuhr mit der Straßenbahn zum Bootshaus in der Hoffnung das Mädchen, an dem mein Herz hing, endlich wieder zu treffen.

Wenn im Bootshaus Karneval gefeiert wurde, waren alle kostümiert. Ich hatte ein Kostüm und war ein Spanier mit großem Sombrero. Je näher ich dem Bootshaus kam, umso lauter hörte ich die Karnevalsmusik. Da wusste ich, dort geht mal wieder die Post ab. Als ich die Tür zum Boots-haus öffnete und die vielen Menschen sah, war ich froh, dass ich hierher gefahren war.

Ein Schrei übertönte sogar die Karnevalsmusik und ich hörte nur noch: „Der Manni, der Manni ist da." Ich traute meinen Augen nicht als plötz-lich meine Angebetete auf mich zu kam, mich umarmte und mich einfach mitnahm an den Tisch, an dem ihre Eltern und Bruder saßen.

Von ihrem Bruder wusste ich mittlerweile, dass sie Britt hieß, aber für mich war sie „mein Mädchen". Erst jetzt, da sie wieso auch immer, begriffen hatte dass es mich gab, war sie auch meine Britt. Sie stellte mich ihren Eltern vor und meinte: „Das ist der Manni!"

Endlich war mein jahrelanger Traum in Erfüllung gegangen. Wir konnten beide nicht mehr voneinander lassen. Warum wir so aufeinander prallten, sollte ich erst viel später erfahren. Aber das ist das besondere Gefühl, wie Zwillinge denken und fühlen. Ihr fehlte genauso wie mir die andere Zwillingshälfte.

Vielleicht war es wirklich das, wovon jeder Zwilling erzählt, wenn es um den anderen Zwilling geht. Beide träumen ähnlich, reden wie der Andere, denken gleich, haben dieselben Wünsche, selbst wenn der andere Zwilling weit entfernt wohnt.

Britt und ich wurden unzertrennlich, machten alles gemeinsam und ließen den anderen nicht aus den Augen und aus dem Sinn. So wollten wir, ohne groß nachzudenken, schon nach kurzer Zeit zusammen in Urlaub fahren. Britt interessierte sich damals sehr für Österreich, insbesondere für Innsbruck.

Damit war ich sofort einverstanden, denn Österreich kannte ich nicht, ich war ja nur immer in Belgien und Holland unterwegs. Wir suchten uns einen kleinen Ort in der Nähe von Innsbruck aus um von dort Ausflüge nach Innsbruck zu machen. Dort waren die Preise für uns erschwinglich, anders als das teure Innsbruck.

Wieso aber ausgerechnet Österreich und Innsbruck? Das habe ich mich schon gefragt! Britt hatte etwas auf dem Herzen, nur mir sagte sie damals noch nichts davon. Und doch spürte ich, dass sie sich viele Gedanken machte, wenn wir über diesen gemeinsamen ersten Urlaub sprachen.

Von Völs, so hieß der kleine Ort in der Nähe von Innsbruck, bis in die Stadt waren es nur einige Stationen mit dem Zug. Da wir damals noch kein Auto hatten, fuhren wir mit dem Zug. Wir waren noch jung und hatten auch keine Probleme unsere Wege einfach zu Fuß zu machen.

Seltsamerweise wollte Britt zu einer bestimmten Adresse in Innsbruck. Auf der mitgebrachten Straßenkarte von Innsbruck haben wir es uns genau angesehen und wussten wie wir dort hinkommen. Das war alles noch nicht so aufregend, aber als wir dann in der Straße vor dem Haus standen, welches Britt gesucht hatte, wurde sie von ihren Gefühle übermannt.

Direkt gegenüber der Adresse stand eine kleine Mauer auf die wir uns setzten. Ich schaute Britt beunruhigt an, denn sie war ganz blass geworden. Langsam, ganz zögerlich kam sie dann endlich mit ihrem Geheimnis heraus. Sie erzählte mir, dass hier ihr Bruder wohne.

„Wieso dein Bruder?", fragte ich sie. Im selben Augenblick standen ihr Tränen in den Augen. Ich nahm sie in den Arm und wollte sie trösten, doch sie wehrte ab. Und dann erzählte sie mir eine Geschichte über ihren Vater, die ich erst nicht glauben wollte.

Britts Vater war im 2. Weltkrieg in Österreich stationiert und hatte dort angeblich eine Geliebte während Britts Mutter mit ihr in Deutschland schwanger war. Aus dieser Beziehung sei dann ein kleiner Junge entstanden, der somit ihr Halbbruder wäre.

Wirklich nur durch Zufall hat sie bei einem Streit zwischen ihren Eltern davon erfahren. Ihr Vater hat wohl die Vaterschaft amtlich anerkennen müssen, dadurch habe seine Frau davon erfahren.

Daraufhin schnüffelte Britt in allen Unterlagen ihrer Eltern herum und hat wirklich eine Adresse dieses Halbbruders in Österreich gefunden. Und diese Adresse war genau das Haus vor dem wir jetzt saßen und nicht wussten, was wir machen sollten. Beide waren wir ratlos.

Britt hatte irgendwie Angst hinüber zu gehen, zu schellen, sich vorzustellen und möglicherweise eine Familie zu zerstören. Das konnte ich gut verstehen, allerdings war ich ja nur Außenstehender und wir kannten uns erst 6 Monate. Wir saßen noch eine Weile dort, gingen dann unverrichteter Dinge fort.

Das war keine leichte Zeit in den nächsten Tagen. Aber einige Tage später zog es Britt noch einmal zu der Adresse hin. Sie wollte doch ihren Halbbruder wenigstens einmal sehen. Ich konnte das gut verstehen, denn mir ging es ja genauso mit meiner Zwillingsschwester. Ich wollte ihr auch nahe sein und Verbindung haben.

Sie muss genauso gefühlt haben. Einige Tage später sollte es sich bewahrheiten. Nachdem wir uns dann entschlossen hatten doch dort hinzugehen, waren wir enttäuscht und gleichzeitig aber auch erleichtert, dass uns niemand öffnete. Anscheinend war niemand zu Hause, oder sie haben uns beobachtet und wollten uns nicht sehen. Dass Britt die Halbschwester des Jungen war, wusste doch niemand.

Oder sollte Britts Aussehen, sie sieht ihrem Vater sehr ähnlich, dieser Familie aufgefallen sein? Sahen sie das und öffneten deshalb nicht? Das allerdings war schon sehr seltsam.

Ich hatte die Idee es bei den Nachbarn zu versuchen, vielleicht konnten sie uns mehr sagen. Zuerst schauten sie ganz befremdet an. Aber mir fiel auf, dass sie den Blick nicht von meiner Freundin lassen konnten. Irgendetwas an ihr musste auffallend sein, sonst schaute man einen Fremden doch nicht so intensiv an. Es wirkte auf mich, als kennen sie Britt.

Was ging hier vor? Wieso sah ich Erstaunen in ihren Gesichtern? Sie baten uns herein und wir sollten ihnen doch erzählen, warum wir das Haus nebenan so beobachtet haben. Während dieser kurzen Unterhaltung sah ich mich in dem Raum um und sah auf den Bildern die dort standen vier spielende Kinder, die nicht wie Geschwister aussahen.

Von Britt wollten sie nun wissen wie alt sie sei. Meine Freundin sah sie erstaunt an. Was soll das denn, dachte ich? Sie ließen nicht locker und nach erneutem Bitten nannte Britt ihr Geburtsdatum. Dabei schaute sie mich fragend an.

Das wollte das Ehepaar gar nicht glauben und bat darum Britts Reisepass sehen zu dürfen. Wir hatten damals nur einen Personalausweis, und den zeigte sie ihnen. Sie schauten Britt an. Dann kamen sie mit der Frage, die sogar mich erstaunte: „Bist du ein Zwilling?" Britt war über diese Fragestellung mehr als erstaunt und meinte: „Ja sicher bin ich Zwilling, aber was wollen sie mit meinem Sternzeichen?" Auf einmal lachten die beiden und sagten: „Der Junge von nebenan ist auch ein Zwilling."

„Ja schön", hörte ich Britt sagen, "das ist nichts Besonderes! Tausende Menschen gibt es, die das gleiche Sternzeichen haben. Warum soll das etwas Besonderes sein?" Sie aber erzählten uns dann, dass der Junge von nebenan genau am gleichen Tag geboren ist wie meine Freundin. Außerdem meinten sie er sieht auch noch genauso aus wie Britt.

Deshalb hatten sie, als wir vor ihrer Tür standen, so erstaunt geschaut und konnten es überhaupt nicht glauben, was sie da sahen. Während die Österreicherin in alten Schuhkartons kramte um ein Foto zu suchen, auf dem ihre beiden Kinder mit dem Nachbarjungen zu sehen waren, erzählte uns ihr Mann eine haarsträubende Geschichte.

Sein Nachbar, er hieß Robert Spamberg, hatte einen Kameraden aus dem 2. Weltkrieg, der ihm im Juni 1942 ein kleines, in eine Decke gehülltes Bündel brachte. Er sagte dann folgende Worte zu seinem Nachbarn: „Robert, hier hast du deinen Jungen, wie vereinbart!" Genau so habe er das gehört, sich aber dabei nichts gedacht, es war ja schließlich Krieg und da passierten die tollsten Sachen.

In der Zwischenzeit hat seine Frau nach langem Suchen endlich ein Bild gefunden auf dem drei spielende kleine Jungen abgebildet waren. Einer davon sah wirklich genauso aus wie meine Freundin. Es war nicht zu übersehen, - diese Ähnlichkeit - als sei der Junge auf dem Foto meine Britt. Britt wurde immer blasser und bat die Frau um ein Glas Wasser. Ich hatte das Gefühl sie kippt mir gleich um.

Meine Freundin war sprachlos, drehte das Foto um und sah auf der Rückseite die Vornamen und die Geburtsdaten der Jungen. Sie waren alle drei fast gleich alt. Als sie dann den Namen und das

Geburtsdatum des Jungen sah, der ihr Ebenbild war, brach sie fast zusammen. Sie weinte und zitterte am ganzen Körper. Ich konnte sie gerade noch auf eine Couch legen bevor sie umfiel.

Das war zu viel für sie! Das war fast das gleiche Schicksal wie meins. Sie hat jetzt nicht nur einen Bruder, den sie noch nie gesehen hatte, nein sie hat jetzt auch einen Zwillingsbruder. Sie sei in Wirklichkeit ein Zwilling und nicht nur dem Sternzeichen nach? Hui, das war ein Hammer.

Das hat sie niemals erwartet, einen Bruder ja, aber das hier, unglaublich. Nachdem sie sich wieder einigermaßen wohl fühlte, bedankten wir uns ganz herzlich bei der Familie und verabschiedeten uns mit den Worten: „Können sie unseren Besuch hier geheim halten und ihren Nachbarn nichts davon erzählen? Wir müssen mit dieser Neuigkeit erst selbst fertig werden."

Einen Kontakt zu ihrem neuen Zwillingsbruder wollte meine Freundin jetzt nicht mehr haben, es war wirklich alles zu viel für sie. Ich verstand das ganz gut. Sie meinte: „Wer weiß, was passiert, wenn ich ihm gegenüber stehe und er gar nichts von mir wissen will? Das könnte ich nicht ertragen!" Wir gingen also wieder zum Bahnhof und fuhren zurück in unsere Pension.

Vom Balkon sahen wir den Flughafen von Innsbruck, die Berge dahinter und nur ein aufkommendes Gewitter brachte uns auf andere Gedanken. Wir schauten uns wie gebannt die Blitze an, hörten dem Grollen des Donners in den Bergen zu und vergaßen für den Moment die Überraschungen des heutigen Tages. Das war aber auch gut so, wir waren abgelenkt und konnten sogar ruhig schlafen.

Einige Tage später mussten wir wieder nach Hause, unser Urlaub war zu Ende. Bei unserer Pensionswirtin verabschiedeten wir uns mit den Worten: „Es war schön bei Ihnen. Vielleicht kommen wir bald einmal wieder."

Daran glaubten wir aber zu dieser Zeit selbst nicht. Die Ereignisse mussten wir beide erst einmal richtig verdauen. Auf der stundenlangen Rückfahrt hatten wir Gelegenheit genug über alles nachzudenken und meine Freundin kam zu dem Entschluss, nicht mit ihren Eltern über diese Angelegenheit zu reden.

Ihre Mutter hatte schon große Bedenken, als sie hörte, dass wir unseren Urlaub in Innsbruck verbringen wollten. Mit ihrem Vater hätte Britt schon gar nicht darüber reden können, er würde sofort eine Verschwörung dahinter vermuten.

Dass sie mir die Geschichte mit dem Bruder erzählte war schon schwer genug für sie, aber hätte sie es geheim halten sollen? Ich musste ihr das Versprechen geben, nie mit ihren Eltern darüber zu reden.

Später hat sie aber dann doch mit ihrer Mutter über diesen Bruder in Innsbruck gesprochen, aber nur mit ihrer Mutter. Sie wusste, dass es deswegen ab und zu Streit zwischen den Eltern gab. Ihre Mutter hatte sich irgendwann damit abgefunden, dass ihr Mann sie während des Krieges in Österreich betrogen hatte.

Die Familie der Eltern, alle wussten davon. Es sprach nur niemand darüber. Britt sprach nur mit mir darüber und entschloss sich, ihrer Mutter nicht die ganze Wahrheit zu erzählen, denn damit würde sie nicht fertig werden. Wenn sie jetzt erfahren würde, dass dieser angebliche Halbbruder in Wirklichkeit ihr eigener Sohn und Britts Zwillingsbruder ist, würde sie zusammenbrechen.

Das konnte ich verstehen. Sie war sehr sensibel, und dann noch zu erfahren, ihr eigener Mann hat eines ihrer Zwillingskinder einer anderen Frau gegeben, ohne dass sie davon wusste! Meine Freundin hatte große Angst ihre Mutter würde sich etwas antun. Deshalb sollte alles so bleiben wie es war. Britt musste mit der neuen Situation selbst erst einmal fertig werden. Es braucht alles seine Zeit, sagte sie sich immer wieder. Vielleicht kommt ja auch aus Österreich eine erfreuliche Nachricht und dann wird alles wieder gut. Aber, von dort kam nichts.

Jahre vergingen. In der Zwischenzeit, 1964, habe ich meine Britt geheiratet und 1965 kam unser erstes Kind auf die Welt. Beide waren wir sehr glücklich und nannten unseren Jungen, wie wir es uns in Völs versprochen hatten, Mark. Er sollte auch so ein pfiffiges Kerlchen werden wie dieser Kleine von unserer Pensionswirtin im österreichischen Völs.

Blaue Augen, blonde Haare und ein Einzelkind, kein Zwillingskind, denn davon hatten wir im Augenblick genug. Allerdings befürchteten wir, wir könnten auch Zwillinge bekommen. Die Anlage war ja wohl vorhanden. Es soll schon oft vorgekommen sein, dass Zwillinge auch wieder Zwillingskinder gebären.

Die Zeit verging, Britt hatte genug mit unserem Jungen zu tun. Sie hatte gar keine Zeit groß darüber nachzudenken was mit ihrem Zwillingsbruder in Innsbruck war. Wir sprachen schon ab und zu darüber, aber unsere Zweisamkeit war uns so wichtig, dass wir unsere Sehnsucht nach unserem eigenen Zwilling total in den Hintergrund stellten.

Ich hatte meine Arbeit, besuchte dann zwischendurch die Meisterschule, immer samstags 18 Monate lang, und machte zum Abschluss meinen Lehr-Meister als Buchdrucker. Wir schafften es dann auch uns ein Auto zu kaufen, einen gebrauchten Borgward-Isabella. 4 Jahre nach Mark kam auch unser zweiter Sohn zur Welt.

Unsere Urlaube verbrachten wir immer in den Sommerferien in Jugoslawien. Manchmal kam ich auf die Idee, auch einmal Urlaub in Amerika zu machen. Der Hintergedanke war dann immer, wenn ich in den USA wäre, hätte ich vielleicht die Gelegenheit meine Zwillingsschwester zu treffen!

Meine Frau hatte zu dieser Zeit überhaupt keine Lust einen Amerika-Urlaub auch nur in Erwägung zu ziehen. Woher sollten wir auch das Geld für solch einen teuren Urlaub nehmen? Wir kamen gerade gut zu recht mit meinem Einkommen. Urlaub in Jugoslawien mit unseren beiden Kindern war bezahlbar, deshalb konnten wir uns das leisten. Amerika rückte immer mehr in weite Ferne.

Meine Schwiegereltern haben immer ihren Urlaub in Jugoslawien, in Opatija, verbracht, so haben wir die Gelegenheit genutzt in der gleichen Privat-Pension unterzukommen. Es waren zwei alte Damen, die uns freundlich und zuvorkommend aufnahmen.

Die Preise waren erschwinglich und unsere Kinder hatten das Paradies bei ihnen. Sie passten abends auf sie auf, wenn wir mal ausgingen und feierten. Sogar am frühen Morgen konnten die Kinder mit den alten Damen in ihrer Küche frühstücken während wir noch ausschlafen konnten. Manchmal nahmen Britts Eltern sie auch schon mit an den Strand. Wir kamen dann später nach. Über einen in Österreich lebenden Bruder wurde nicht mehr nachgedacht und schon gar nicht geredet.

Britt meinte aber, ihre Mutter sei noch lange nicht damit fertig. Sie hat das Gefühl, es rumore immer noch in ihr. Mein Schwiegervater ließ sich nie etwas anmerken, er wusste ja auch nicht, dass ich mittlerweile davon Kenntnis hatte.

Einige Jahre später kam es zu einem einschneidenden Ereignis. Ich hatte einen Arbeitsunfall. Ich brach mir das untere und das obere Sprunggelenk. Alle Bänder waren gerissen und das

Folkmansche Dreieck war beschädigt. (Komisch, dass ich das niemals vergesse!)

Das Schlimmste, das ich mir vorstellen konnte, war passiert. Ich musste ins Krankenhaus und wurde operiert. Das erste Mal in einem Krankenhaus, eine Katastrophe. Eingeliefert wurde ich in ein Krankenhaus, das sich nur einige hundert Meter von unserer Wohnung befand. Im Nachhinein muss ich sagen, dass es wohl der größte Fehler war, ausgerechnet dieses Krankenhaus auszusuchen. Ob der Fahrer des Krankenwagens Weisung hatte speziell dieses Krankenhaus aufzusuchen, wusste ich nicht. Fest stand nur, ab diesem Augenblick wurde meine Gesundheit missbraucht.

Nicht am Tag der Einlieferung, sondern erst am darauffolgenden Tag wurde ich operiert. Man gab mir zuerst ein starkes Schmerzmittel weil wohl mein linker Fuß und der Knöchel geschwollen waren. Eine Nacht sollte ich schlafen und am nächsten Morgen würde dann über die OP entschieden wenn die Schwellung abgeklungen sei.

Während der Nacht wurde mir einige Male schlecht und ich musste mich mehrmals übergeben. Ich bekam dann eine Spritze und man erklärte mir, dass ich dann besser schlafen könne.

Aber diese Spritze war schon ausschlaggebend für meine später festgestellte Erkrankung. Das wurde durch ein von mir gefordertes Gutachten festgestellt.

Ein Ärzteteam operierte mich also am nächsten Tag. Einer dieser Ärzte hatte mit einem Pharmaunternehmen eine für ihn erzwungene Vereinbarung unterschrieben. Es war ein dunkelhäutiger Arzt, der von diesem Unternehmen erpresst wurde. Bei mir hieß er nur Lumumba. Womit sie ihn in der Hand hatten und was er zu verbergen hatte, konnte ich im Nachhinein nicht herausfinden.

Als ich nach der Operation aufwachte, war mir so schlecht, ich musste mich am laufenden Band übergeben. Meine Frau besuchte mich und wunderte sich. War es üblich, dass sich Patienten so heftig übergeben mussten? Das konnte doch nie und nimmer nur von der Narkose sein.

Wochenlang hatte ich fürchterliche Schmerzen und die für mich zuständigen und mich behandelnden Ärzte meinten immer nur: „Es wird schon nicht so schlimm sein." Nach einiger Zeit konnte ich endlich mit Gehhilfen, aber nur unter starken Schmerzen, laufen. Auf Anraten der Ärzte sollte ich ein halbes Jahr den linken Fuß nicht belasten. Das wollte ich nicht glauben, denn damit stand für mich fest, dass ich auch ein halbes Jahr nicht arbeiten könnte.

Der Unfall musste der Berufsgenossenschaft gemeldet werden, die erkannte es dann als Betriebsunfall an. Und laut Satzung der Berufsgenossenschaft wurde auf Grund der Schwere der Verletzung eine Prozentzahl festgelegt. Diese Prozentzahl legt die vorläufige Berufsunfähigkeit fest. Ist sie über 20%, muss die Berufsgenossenschaft eine vorläufige Berufsunfähigkeitsrente zahlen.

Bei mir wurde eine Berufsunfähigkeit von 30% festgelegt. Folglich wurde mir eine vorläufige Berufsunfähigkeitsrente gezahlt. Meine starken Schmerzen wurden aber nicht weniger. Ich wollte aber unbedingt wieder in meinen Beruf zurück und überhörte die Warnungen der Ärzte und nahm meine Arbeit wieder auf. Dabei konnte ich auf meine Gehhilfen nicht verzichten.

Es war keine einfache Zeit. Ich war Betriebsleiter einer Druckerei und brauchte nicht unbedingt an den Druckmaschinen stehen. Im Nachhinein sagte ich mir immer wieder: „Hättest du nur den Rat der Ärzte befolgt, dann wäre es vielleicht besser gewesen."

Meine Tätigkeit beschränkte sich hauptsächlich auf Schreibtischarbeit, Kundenkontakte, Kalkulation und Rechnungswesen sowie die Einteilung des Arbeitsablaufes also eine leitende Funktion. Ich war froh, dass ich endlich wieder meinem Beruf nachgehen konnte.

Nach wenigen Monaten bekam ich ein Schreiben der Berufsgenossenschaft in dem sie ohne Gründe zu nennen meine Berufsunfähigkeit von 30% auf 25% herabsetzte. Als ich das einem Onkel meiner Frau, der im Knappschaftsvorstand war, erzählte, meinte er nur: „Das darfst du dir nicht gefallen lassen, denn das dürfen die ohne triftige Gründe nicht."

Ich ging zu einem Rechtsanwalt, legte ihm meinen Fall vor, und wir reichten Klage ein beim Sozialgericht in der Nachbarstadt. Durch diesen Onkel bei der Knappschaft erfuhr ich, dass die Berufsgenossenschaft sehr oft versuchte so schnell wie eben möglich den Prozentsatz der Berufsunfähigkeit unter 20% zu senken, denn dann entfällt diese Rente.

Ich bin Britts Onkel heute noch dankbar, dass er mich auf diesen Trick der Berufsgenossenschaft aufmerksam gemacht hat. Wer weiß so etwas schon? Damit haben sie bestimmt schon vielen

Menschen eine berechtigte Berufsunfähigkeits-rente entzogen.

Meine Schmerzen wurden einfach nicht weniger. Das erklärte ich auch dem Sozialrichter und bat darum ein Gutachten zu erstellen, warum die Schmerzen nicht nachließen und was vielleicht bei der Operation versäumt wurde.

Die Gegenseite bestand darauf, das Gutachten solle ich privat machen lassen. Das war für mich nicht akzeptabel. Ein Privatgutachten würde mehrere tausend D-Mark kosten.

Es war nicht mein Fehler wenn bei der Operation etwas schief gelaufen war. Als der Sozialrichter sich daraufhin meine Unterlagen nochmals ge-nau ansah, entsprach er meinem Antrag und traf für mich eine glorreiche Entscheidung. Er ordne-te an, speziell in meinem Fall, ein neues Gutach-ten zu erstellen.

Das Gutachten sollte in einer Spezialklinik in Du-isburg-Wedau erstellt werden. Wie es geschah und was das neue Gutachten dann hervorbrach-te, stellte alles bis jetzt Dagewesene in den Schatten. Bis heute kann ich es noch immer nicht begreifen welch falsches Spiel manche Pharma-unternehmen treiben.

Ich fuhr also in diese Spezialklinik nach Duisburg-Wedau und ein junger tschechischer Arzt untersuchte mich. Unterschiedliche Untersuchungen fanden statt und ich wunderte mich, warum diese Untersuchungen nicht schon früher gemacht wurden. Ich verstand die Welt nicht mehr.

Der junge Arzt schüttelte den Kopf und meinte dann zu mir: „So etwas habe ich noch nicht gesehen, es ist nicht zu begreifen!" Ich war über sein Kopfschütteln erstaunt.

Was war geschehen? Er versuchte mir die Untersuchungen auf verständliche Art zu erklären. Die neuen Röntgenaufnahmen zeigten, dass das untere Sprunggelenk des linken Fußes bei der Operation gar nicht repariert wurde. Ich sah deutlich, die Bänder waren abgeheilt, und der Bruch war zu erkennen.

Das waren also die unerträglichen Schmerzen in der ganzen Zeit. Warum mir das nicht bei den Nachuntersuchungen im Krankenhaus gesagt wurde, bleibt für immer ein Rätsel. Mir wurde ans Herz gelegt, ich könne doch das Sprunggelenk versteifen lassen, dann wären die Schmerzen weg. Da ich damit gar nicht einverstanden war, habe ich einen befreundeten Arzt auf die Versteifung angesprochen.

Dieser Arzt riet mir davon ab. Niemand könne garantieren, dass die Schmerzen nicht mehr wieder kommen.

Mir wurde in der Klinik Blut abgenommen und an Hand des Blutbildes sah der Arzt, hier war ein Verbrechen verübt worden. Es war so raffiniert eingefädelt worden, dass es im Normalfall bei der ersten Sichtung des Blutbildes niemandem auffallen würde.

Gott sei Dank war hier der richtige Arzt am richtigen Ort. Ihm war diese Manipulation sofort aufgefallen, denn er gehörte zu einer Gruppe junger, talentierter ausländischer Ärzte die von einem Pharmaunternehmen und von einem geheimen Gremium der Landesregierung erpresst wurden, kurz bevor sie mit ihrem Studium in Deutschland fertig wurden.

Um den Abschluss als Dr. med. zu bekommen, sollten sie an einer bestimmten geheimen Testreihe teilnehmen. Ein bis dahin noch streng geheimer Virus sollte den Testpersonen injiziert werden, um die meistens tödliche Krankheit, den Krebs, zu besiegen. Das Pharmaunternehmen und dieses geheime Gremium, hatten die Idee mit diesem Virus den Krebs von innen her zu vernichten.

Und weil er genau wusste, wie diese Testreihe aussehen musste, konnte er an meinem Blutbild sofort erkennen dass es sich bei mir um diesen Virus handelte. Er hatte sich geweigert an dieser Testreihe mitzuwirken, selbst auf die Gefahr hin, seinen Abschluss als Dr. med. nicht zu bekommen.

Als die neue Testreihe des Pharmaunternehmens gestartet wurde, hatte der Arzt, sein Name war Pavel Schweidt, entgegen aller Bedenken, direkt Kontakt mit der Ärztekammer aufgenommen und ihr von dieser Erpressung berichtet, doch keiner glaubte ihm.

Herr Schweidt stellte Strafantrag bei der örtlichen Polizei, die allerdings nicht gerade begeistert war. Das Pharmaunternehmen und der Sitz der Landesregierung, die er indirekt mit beschuldigte, waren in der gleichen Stadt.

Die Polizeibeamten schauten ihn ungläubig an und rieten ihm sogar sehr vorsichtig zu sein, denn solche Anschuldigungen wären gefährlich und bestimmt nicht einfach zu beweisen.

Daraufhin nahm er von einer weiteren Anschuldigung Abstand und hielt sich bedeckt mit seinen Äußerungen. Seltsamerweise bekam Herr

Schweidt dann doch nach kurzer Zeit seine Approbation als Dr. med. Pavel Schweidt.

Für mich war Herr Schweidt ein Glücksfall bei der ganzen Katastrophe, denn sonst hätte ich niemals erfahren, dass ich ein Opfer dieser Manipulationen geworden war. Nachdem dann die Untersuchung abgeschlossen war wurde ich von ihm genau aufgeklärt, was man mit mir gemacht hatte.

Dieser Krebsvirus hatte die Aufgabe dass die Anzahl der Leukozyten, das sind die weißen Blutkörperchen neben den roten Blutplättchen, sich kontinuierlich vermehren, um dann, wenn sie eine bestimmte Anzahl erreicht hätten, die natürlichen Abwehrmechanismen des Körpers zu alarmieren.

Durch die langsam ansteigende Zahl der Leukozyten hätte sich der Körper besser darauf eingestellt und insgeheim schon an einer Gegenwehr gearbeitet, die er dann gezielt einsetzen könnte. Das war das eigentliche Ziel dieser Manipulation mit dem Krebsvirus. Es musste streng geheim bleiben, die Studie war nicht erlaubt.

Sollte es dennoch publik werden, würde sicherlich ein Sturm der Entrüstung in der Bevölkerung losbrechen und ich möchte nicht in der Haut derer stecken, die diese Schweinerei veranlasst haben. Das nützte mir allerdings jetzt auch nichts mehr. Ich war infiziert und musste in der Zukunft mit dem Krebsgespenst leben. Ich konnte an Hand meines Blutbildes zwar beweisen, dass ich jetzt Blutkrebs habe, aber beweisen dass es Absicht war, mich gezielt solch einem Test auszusetzen, konnte ich nicht.

Ich hatte mich mit meinem Rechtsanwalt besprochen und von ihm erfahren, dass er keine Grundlage sah wie wir diese Sache durchsetzen könnten. Er meinte zwar Dr. med. Pavel Schweidt könnte sicher als Zeuge auftreten, gab aber zu bedenken, dass er schon vorher mit seinen Anschuldigungen gescheitert war.

Es war ja auch alles noch nicht so schlimm. Ich hatte nur leicht überhöhte Leukozytenwerte, die in diesem Stadium kaum auffielen. Aber durch diese erneute Untersuchung des Herrn Schweidt wurde ebenfalls festgestellt, dass mein unteres Sprunggelenk nicht repariert wurde und dieses Nichtbeachten zu diesen kaum auszuhaltenden Schmerzen führte.

Das Gutachten des Arztes Schweidt bekam ich schriftlich und als erstes machte ich mir davon einige Kopien, denn ich dachte, wer weiß wofür ich es noch gebrauchen kann. Je ein Original ging an meinen Rechtsanwalt und an die Berufsgenossenschaft.

Ich hatte endlich das erreicht, was ich wollte, nämlich ein Gutachten das ich nicht bezahlen musste und aus dem eindeutig hervorging, dass bei der Operation gefuscht wurde. Dabei fielen mir wieder die Worte von Britts Onkel ein, der mir vorher sagte: „Das Gutachten, glaube mir, wirst du niemals zu Gesicht bekommen, das wird die Berufsgenossenschaft zu verhindern wissen, denn dann müssten sie ja eine Berufsunfähigkeitsrente bezahlen.“

Das ich aber auch ein Exemplar des Gutachtens bekommen hatte, war dem Richter zu verdanken, und das war für mich Gold wert. Denn jetzt konnte die Berufsgenossenschaft meinen prozentualen Wert der Berufsunfähigkeit nicht so ohne weiteres mindern.

Ich habe mir fest vorgenommen, sollte so etwas geschehen, würde ich sofort Klage beim Sozialgericht einreichen. Das werde ich mir nicht gefallen lassen, sollten sie es einmal versuchen. Mit dem Gutachten in meiner Hand sitze ich am längeren Hebel, denke ich.

Ich sollte Recht behalten, denn meine 25% Berufsunfähigkeit wurde bis heute nicht geändert. Damit habe ich sicherlich ein Teilziel erreicht, nämlich keine Zurückstufung meiner Berufsunfähigkeit auf unter 20%! Aber etwas noch viel Wichtigeres habe ich dabei erfahren, dass mein unteres Sprunggelenk endgültig nicht mehr zu reparieren sei. Es steht eindeutig in dem Gutachten, dass mein Sprunggelenk weder medizinisch noch mechanisch zu reparieren ist. Meine manchmal unerträglichen Schmerzen sind geblieben, aber ich kannte jetzt den Auslöser meiner Schmerzen.

Nachdem meine Frau und ich das alles verarbeitet hatten und die Zahlung einer Unfallrente jetzt beschlossene Sache war, fiel mir plötzlich wieder meine Zwillingsschwester in Kanada ein. Wie würde sie wohl damit umgehen, wenn sie endlich einmal die Wahrheit über sich und mich erfuhr?

Ich hatte von jetzt auf gleich wieder die Hoffnung endlich meinen großen Traum wahr werden zu lassen. So schnell wie möglich wollte ich unbedingt in die Vereinigten Staaten fliegen. Jetzt, wo es vielleicht finanziell zum ersten Mal möglich war mit der Berufsunfähigkeitsrente, hatte ich die einmalige Idee mit meiner Frau darüber zu sprechen. Dazu suchte ich noch die richtige Gelegenheit.

Eines Tages war es dann soweit. Britt hatte sich ein Wohlfühlbad eingelassen und als sie so total entspannt in der Wanne lag, überraschte ich sie mit der Frage: „Hey Liebling, was hältst du davon, wenn wir demnächst für 14 Tage Urlaub in den USA machen würden?" Was dann geschah, haute mich fast um. Meine Frau schaute mich mit großen Augen an, so als habe sie diese Frage überhaupt nicht verstanden. Aber dann sagte sie ganz trocken: „Nein!" Ich dachte mich trifft ein Hammer! Nein, wieso nein, jetzt könnten wir es uns doch einmal leisten mit der Rente.

Ich hatte das NEIN noch nicht verdaut, kam die Ansage: „14 Tage sind zu wenig, wenn schon, dann machen wir daraus drei Wochen. Ich möchte einmal nach New Orleans, der Hauptstadt des Staates Louisiana in den Süden der USA. Von dort mit einem der berühmten Raddampfer den Mississippi stromauf- und auch wieder stromabwärts fahren. Darüber habe ich schon so viel gelesen, das möchte ich mir dann einmal ansehen! Das muss ein tolles Erlebnis sein."

Wenn mich zu diesem Zeitpunkt jemand beobachtet hätte: „Jetzt flippt er total aus." Ich glaube, ich habe noch nie so verdutzt ausgeschaut. Freude, Lachen, Weinen und Erstaunen, alles in meinem Gesicht. Ich weiß nicht mehr so genau, was mich in diesem Augenblick mehr ergriffen hat, aber es fühlte sich an wie nach einem Bombeneinschlag. In meinem Kopf arbeitete es so schnell, ich glaube meine Gehirnzellen glühten. Mit dieser Aussage hatte ich nun wirklich gar nicht gerechnet.

Am liebsten wäre ich mit voller Montur zu ihr in die Wanne gestiegen um meine Frau einfach nur in die Arme zu nehmen und nicht mehr los zu lassen. Warum ich das nicht tat, frage ich mich bis heute. Eine Zeit lang blieb mir noch die Luft weg, erst nach einer Weile hatte ich meine Stimme wieder im Griff, dass nicht gleich jedes Wort von Tränen unterbrochen wurde.

Die Freude, diesen nicht mehr für möglich gehaltenen Traum doch noch wahr werden zu lassen, stellte alles Bisherige in den Schatten.

Endlich, endlich hat es doch geklappt. Mary, hörst du mich? Ich komme und dann kann ich auch dich in den Arm nehmen. Dann wird vielleicht auch dein Traum in Erfüllung gehen, denn ich glaube fest daran, dass auch du mich vermisst, wenn du es auch noch nicht weißt. Aber wenn wir uns einmal so nah gekommen sind und in den Armen liegen, wirst du es spüren und genau wissen, dass du deinen Zwillingsbruder endlich gefunden hast.

Es war das Jahr 1979. Bis zu diesem Zeitpunkt hatte ich mein Geheimnis bezüglich meiner Zwillingsschwester für mich behalten. Ich wusste nicht, ob und wie ich mit meiner Frau darüber sprechen sollte. Wie würde sie es aufnehmen?

Sechzehn Jahre sind seitdem vergangen nachdem sie erfuhr, dass sie einen Zwillingsbruder hat. Wenn ich ihr jetzt von meiner Zwillingsschwester erzähle, denkt sie sicher: „Was hat er sich denn da wieder einfallen lassen, der verrückte Kerl?"

Oder vielleicht: „Das kann doch nur geschwindelt sein, er auch ein Zwilling? Solche Zufälle kann es doch gar nicht geben!" Und genau aus diesem Grund beschloss ich vorerst ihr noch nichts zu erzählen. Es wird besser sein wenn wir erst einmal in Amerika sind, und ich dann versuche mit meiner Zwillingsschwester Mary in Verbindung zu treten.

Einfach wird es bestimmt nicht werden, denn ich kann mir vorstellen, dass sie ganz schön sauer sein wird, wenn ich sie vor vollendete Tatsachen stelle. Nur viel länger kann ich es auch nicht mehr hinausschieben. Fünfzehn Jahre waren wir bis dahin schon verheiratet und ich hatte mein Geheimnis mit mir herumgeschleppt. Ich musste ihr davon endlich erzählen, denn ich hatte das Gefühl, wenn ich weiter schweige, müsse ich platzen.

Wir hatten uns bisher alles voneinander erzählt. Es war ein „grenzenloses Vertrauen". Ich hoffte nur, es würde daran auch nichts ändern, wenn ich mich vorerst noch in Schweigen hülle.

Jetzt stand erst einmal die Reise in die USA an. Prospekte wurden besorgt, alles was wir über Amerika herbeischaffen konnten, wurde verschlungen, sollte doch alles so perfekt ablaufen, wie wir beide es uns vorstellten.

Seltsamerweise bemerkte ich die kleinen Ängste meiner Frau nicht, denn mit den paar Brocken Englisch, die ich noch von damals kannte, als ich mit meinem Freund die Berlitz-School besucht hatte, wollten wir einen ganzen Urlaub bestreiten.

Ich kramte nochmals die Englischbücher von damals hervor und studierte sie soweit ich es verstand. Ich dachte, der Wille ist da und das schaffst du auch, es wird schon gehen. Es muss gehen, wir müssen es nur richtig und ruhig angehen.

Die Vorbereitungen waren enorm und woran mussten wir nicht alles denken? Eigentlich kannten wir das ja von unseren Urlauben in Jugoslawien. Doch hier war alles ein wenig anders. Wir wollten eine genau vorher ausgewählte Route fahren. Dafür benötigten wir einen Mietwagen, denn erst beim Lesen der Unterlagen merkten wir, wie groß die Entfernungen in den USA waren.

Nachdem wir endlich über alle Eventualitäten gesprochen hatten, gingen wir in ein Reisebüro und wollten einmal hören, wie ein Reisefachmann an diese Reise herangehen würde. Aber da erlebten wir eine Überraschung. Im Jahr 1979 waren sie im Reisebüro selbst noch nicht so weit. Auch für Reisefachleute war Amerika noch ein Buch mit sieben Siegeln. Man konnte lediglich ganze Pakete buchen.

Da unser Entschluss fest stand, holten wir uns alle Infos die zu bekommen waren. Ein ganz wichtiger Punkt war, die ganze Reise sollte nicht zu teuer werden. Das fing bei der Fluggesellschaft an, den Motels und Hotels und endete beim Mietwagen.

Unsere Reise wollten wir selbst bestimmen. Wir wollten die Motels ganz individuell an Ort und Stelle aussuchen und erst ansehen. Gerade das Suchen in den Prospekten machte uns riesig viel Spaß und die Vorfreude war groß.

Fast jeden Tag redeten wir über Amerika. Wir besorgten uns vom ADAC Unterlagen wie Karten und einen Reiseführer über den südlichsten Staat der USA, Florida. Ja Florida war unser Hauptreiseziel.

Florida, ca. so groß wie die damalige Bundesrepublik sollte es sein. Für unsere 1. USA-Reise suchten wir diesen Staat aus. Der Reiseführer über Florida wurde von vorne nach hinten und wieder zurück gelesen. Was wir darin so entdeckten war schon unglaublich.

Bei der Fluggesellschaft entschieden wir uns für die Condor, eine Tochtergesellschaft der Deutschen Lufthansa, weil diese einen Direktflug nach Miami hatte. Mit anderen Airlines hätten wir vielleicht noch günstiger fliegen können, doch dann wäre vielleicht eine Zwischenlandung irgendwo in Amerika gewesen.

Für unseren ersten Fug über den großen Teich sollte es ein Direktflug sein, denn die lange Flugzeit von ca. 11 Stunden reichte uns. Würden wir einen billigeren Flug mit einer Zwischenlandung nehmen, wären wir noch länger unterwegs. Das war uns zu viel.

Um das richtige Auto zu finden, suchten wir lange in allen Katalogen nach dem günstigsten Wagen. Etwas Bammel vor dem Autoverkehr auf vierspurigen Bahnen, auf diesem riesigen Kontinent, hatten wir schon, nur die Neugier siegte und wir machten uns weiter keine Sorgen. So buchten wir einen Wagen der kleinsten Kategorie vom Autovermieter Avis.

Im Sunshine-State gab es eine Besonderheit, die „Florida-Package-Rate“. Bei dieser Rate gab es eine 40 – 50%ige Ermäßigung gegenüber anderen USA-Staaten. Und diese „Florida-Package-Rate“ war auch die mit der wir in andere Staaten fahren konnten, denn New-Orleans liegt ja nicht in Florida, sondern in Louisiana.

Wir hatten überhaupt keine Erfahrung, so dachten wir es wäre sinnvoll, wenn der Wagen direkt am Airport stehen könnte. So buchten wir dann auch. Der Abflugtermin rückte immer näher und näher. Wir wurden auch immer nervöser, doch die Freude überwog und wir hatten noch so viel zu beachten und zu erledigen. Eine extra Krankenversicherung musste her.

Auf Nachfrage bei unserer Krankenversicherung erfuhren wir, dass es kein Abkommen mit den Vereinigten Staaten von Amerika bezüglich der Krankenversorgung gab. Wir fanden dann durch intensives Suchen eine preiswerte Auslands-Kranken-Versicherung die unseren Vorstellungen entsprach. Im Nachhinein stellen wir fest, dass diese Versicherung genau das Richtige war und ist, denn wir haben sie bis heute noch.

Einige Male haben wir sie auch in Anspruch nehmen müssen und waren angenehm überrascht, denn sie erstatteten alles. Dabei munkelt man ja so einiges über solche Versicherungen.

Der Abflugtermin kam immer näher. Die genaue Reiseroute war festgelegt. In fast jedem Reiseführer und in den Katalogen wurden immer bestimmte Routen angeboten, nur davon hielten wir nicht viel. Wir wollten lieber unsere eigenen Erfahrungen machen.

Unsere Route sah folgendermaßen aus: Die Küstenstraße A1, von Miami ausgehend am Atlantic entlang in Richtung Cap Canaveral. Danach weiter in Richtung Orlando zu Disney-Land. Von dort weiter auf der A1 gen Norden zur ältesten Stadt Floridas nach St. Augustine, anschließend über Tallahassee in Richtung New Orleans, zu der Stadt, die es meiner Frau so angetan hat und von der sie so viel in ihren Büchern gelesen hatte. Es war ja auch die bekannteste Stadt der Südstaaten. Filme und Bücher gaben Zeugnis vom Leben und Treiben der schwarzen Bevölkerung in USA.

Was hatte sie mir nicht schon alles über die Südstaaten erzählt, von den alten Herrenhäusern, den Baumwollplantagen, den vielen schwarzen Menschen, die dort, bis heute noch nicht voll in die menschliche Gesellschaft integriert worden sind.

Ich habe ja schon sehr viel darüber gehört, jedoch nicht so viel darüber gelesen wie meine Frau. Wenn sie davon erzählte, bekam sie einen ganz besonderen Glanz in die Augen, der mich froh machte, denn jetzt hatte sie auch das „Amerika-Bazillus" erwischt.

Von New Orleans sollte es dann zurück gehen am Golf von Mexico entlang, hinunter über St. Petersburg und Tampa, weiter über Fort Myers, Naples, Marco-Island, durch die Everglades und zu den Keys bis zum südlichsten Punkt der USA.

Von dort waren es nur noch 90 Meilen bis hinüber nach Cuba. Abschließend wieder zurück in Richtung Norden nach Miami um von dort den Heimflug anzutreten.

Es war schon eine abenteuerliche Rundreise, die wir uns vorgenommen hatten. Was uns dann aber wirklich alles in Amerika passierte oder uns über den Weg lief, war wie man so schön sagt: „Eine Reise wert."

Meine heimlichen Gedanken drehten sich aber auch immer um meine Zwillingsschwester Mary. Ich dachte, wenn ich schon einmal in den USA bin, wird es vielleicht einfacher sein von dort aus mit Kanada zu telefonieren und eventuell sogar ein Treffen mit ihr zu vereinbaren.

Die Adresse in Vancouver hatte ich mittlerweile erfahren und auch den Nachnamen der Verwandten. Jetzt ging es darum die Telefonnummer herauszubekommen. Ich hoffte in den USA auch Telefonbücher von Kanada zu finden, die wollte ich dann durchforsten nach dem Namen Marek. Ich bildete mir einfach ein, das würde nicht so schwer sein.

Abflug! Nachdem wir in Düsseldorf eingecheckt hatten, ließ unsere Nervosität langsam nach und es kam Freude auf. Unser Traum sollte jetzt und hier in Erfüllung gehen. Wir flogen mit einer Boing 727, ein sicheres Gefühl, denn noch nie, soweit ich mich erinnern konnte, war jemals eine Maschine dieser Reihe abgestürzt. Hier in der Maschine verstand uns noch jeder, denn wir konnten deutsch reden, eine schöne Sache. Einige Stunden später war es damit wohl vorbei. Aus Gesprächen mit anderen hatten wir erfahren, dass die Amis größtenteils kein Deutsch sprachen.

Wie das so üblich war bei den Fluggesellschaften, servierte die Stewardess uns erst einmal eine kleine Erfrischung, und da es morgens war, ein zweites kleines Frühstück. Schön in Folie verpackt gab es Brot, Brötchen, Marmelade, Butter, Wurst, Käse, Kaffee oder Tee nach Wunsch. Mineralwasser und andere nichtalkoholische Getränke konnten wir auch bekommen ohne dass wir dafür extra zahlen mussten.

Nur Bier musste extra bezahlt werden. Da ich ja direkt nach dem Flug in den USA mit einem Mietwagen fahren musste, und in den Einreisebestimmungen gelesen hatte, das null % Alkohol am Steuer angesagt war, trank ich kein Bier, obwohl ich es liebend gerne getan hätte. Das Risiko von der Polizei angehalten und einen Alkoholtest zu machen wollte ich nicht eingehen. Der Urlaub war mir zu wichtig, als dass ich ihn in einer Gefängniszelle absitzen wollte.

Während der nächsten Stunden gewöhnten wir uns an das monotone Motorengeräusch, so dass wir es fast überhörten. Nachdem uns nach einiger Zeit auch ein Mittagessen serviert wurde, die Stewardessen mit dem Verkauf zollfreier Waren begannen, erhielten wir Einreiseformulare.

In Deutschland hatten wir durch das Reisebüro ein Visum für jeden beantragt, das uns berechtigte mehrmals in die USA einzureisen. Man durfte nur 90 Tage in den USA bleiben, danach musste das Land verlassen werden. Also war es ein Urlaubervisum.

Die amerikanischen Einreisebehörden achten sehr genau auf korrekt ausgefüllte Formulare. Und mit denen wollten wir es uns nicht verscherzen. Wir hatten während des Fluges gehört, dass sie kurzen Prozess machen und die Leute gar nicht erst einreisen lassen. Mancher musste auch wieder zurück fliegen.

Auf was mussten wir nicht alles achten, und wie eigentlich immer übernahm meine Frau das Ausfüllen der Formulare. Hier wurde es schon lustig, besser gesagt kritisch, denn die Formulare waren alle in englischer Sprache.

Wir mussten bei den Stewardessen nachfragen, wie die Einreise- und Zollformulare richtig ausgefüllt wurden. Zum Glück wurde uns geholfen. Es mussten einige Formulare dran glauben bis wir es begriffen.

Als wir uns der amerikanischen Küste näherten war ich so glücklich dass ich das kaum beschreiben kann. Je näher wir der USA kamen, desto aufregender empfand ich den Flug. Wir flogen an Grönland vorbei, an der oberen Spitze des amerikanischen Kontinents an Neufundland vorbei und sahen durch das Fenster auf die unter uns ca. 10 000 Meter tiefer liegende weiße Schnee- und Eislandschaft.

Am nördlichsten Ende von Amerika waren wir. In der Flughöhe war eine Außentemperatur von minus 60° Celsius. Wir allerdings saßen im wahrsten Sinne des Wortes im Trockenen und dort drinnen war es warm, denn die Sonne über den Wolken schien warm durchs Fenster.

Viele Gedanken schossen uns durch den Kopf, wir waren schon länger als 7 Stunden in der Maschine, immer vom Motorengeräusch begleitet, und hatten noch ca. 4 Stunden Flug vor der Brust. Langsam, aber sicher kamen wir unserem Ziel näher und ich meiner Zwillingsschwester!

Von Neufundland ging es weiter Richtung Süden über New York und den Hudson River. Für mich sah New York von oben aus wie eine riesige Steinlandschaft. Man konnte die Wolkenkratzer erkennen, sie sahen ziemlich klein aus. Dann flogen wir über Philadelphia, Atlantic City, Washington, Norfolk, dem größten Hafen der amerikanischen Kriegsflotte, North- und South Carolina und Georgia um endlich nach 11-stündigem Flug den Norden von Florida zu erreichen.

Unter uns wurde die Landschaft grüner und die Gegend um Jacksonville herum, der Hauptstadt Floridas, war wie eine Seenlandschaft. Im Gegensatz zu Nordamerika kamen wir hier in subtropische Gefilde. Florida liegt, betrachtet man einen Globus, zwischen dem vierundzwanzigsten und dreißigsten Längengrad auf gleicher Höhe mit Marokko, Afrika.

Vorbei flogen wir an Daytona Beach, wo alljährlich das größte Spektakel am Strand stattfand. „Springbreak", da lassen die College-Schüler in den Semesterferien ihren Gefühlen freien Lauf, Partys bis zum frühen Morgen sind angesagt.

Dann erreichten wir West-Palm-Beach, einen der bekanntesten Orte Floridas, in dem eigentlich nur die Reichsten der Reichen wohnen und Fort-Lauderdale, dem Venedig Amerikas, hier sollen sich mehr Kanäle befinden als in Italien.

Plötzlich drehte unsere Maschine eine große Schleife und wir flogen auf das Land in Richtung Westen. Je tiefer wir kamen desto besser konnten wir die Highways sehen die das Land in alle Himmelsrichtungen durchzogen. Wir sahen von hier oben die Häuser, die fast alle einen Pool hatten. Es sah schön aus, die kleinen blauen Flecken neben den Häusern. Sie sollen ja alle warmes Wasser haben. Ich hatte Lust sofort aus dem Flieger in einen Pool zu springen.

Was wir nicht wussten, die Maschinen fliegen Miami immer von der Westseite an, deshalb diese Richtungsänderung, und schon setzte sie zur Landung an. Meine Freude war dermaßen groß, dass mir die Tränen in die Augen schossen. Endlich ging mein langersehnter Traum von Amerika in Erfüllung.

Meiner Frau erging es wohl genau so, denn ein Blick in ihre Augen zeigte mir, sie glänzten ganz feucht und sie nahm ein Taschentuch um sie zu trocknen. In diesem Augenblick beschloss ich ihr bei der nächsten besten Gelegenheit endlich reinen Wein einzuschenken und ihr von meiner Zwillingsschwester berichten. Das konnte und wollte ich nicht mehr länger mit mir herumschleppen.

Die Landschaft unter uns flog nur so vorbei, wir warteten jetzt auf das Aufsetzen der Maschine. Dann kam die Bodenberührung und ein Ruck ging durch die Maschine, wir wurden in unsere Sicherheitsgurte gepresst denn die Bremswirkung war enorm. Beifallklatschen der Passagiere riss mich aus meinen Gedanken. Anscheinend war das Klatschen, so dachte ich, wohl eine Befreiung für die Anspannung der Passagiere.

Dann rollten wir, für mich unendlich langsam über das Rollfeld, vorbei an startenden und landenden Maschinen die gerade auf dem Weg zum Start waren oder sich die richtige Parkposition suchten. Ein Gewimmel von Flugzeugen aller Art. So etwas hatte ich noch nie gesehen.

Es war ein buntes Bild der Flugzeuge aus aller Welt, alle Größen bis hin zum Jumbo. In der Ferne auch Jagdflieger und Transportmaschinen der amerikanischen Armee. Ein plötzlicher Ruck sagte uns, dass wir unsere Endposition erreicht hatten. Die großen Turbinen, die uns elf Stunden durch den Himmel geschleust hatten, durften sich ausruhen und wurden still.

Die Kabinentür wurde geöffnet und das erste Mal atmeten wir amerikanische Luft. Es war eine warme, sehr warme Luft, es war Florida-Luft, weich wie Seide. Ein Blick nach draußen, verschiedene Fahrzeuge fuhren um den Flieger herum. Zuständig für die Koffer, für den Tank usw. usw. Was dann alles auf uns einstürzte, kann ich fast nicht in Worte fassen. Diese ersten Eindrücke waren überwältigend, um es kurz zu sagen, es haute uns einfach um. Der Flughafen von Miami war einmalig, so etwas Großes hatten wir noch nie gesehen. Die uns bisher bekannten Flughäfen Düsseldorf, Frankfurt, Köln und München sahen dagegen richtig klein und bescheiden aus.

Bis zur Passkontrolle und Zoll mussten wir durch unendlich lange Gänge laufen, die hier sogar mit Teppichen ausgelegt waren. Durch die getönten Fensterscheiben glänzte und glitzerte uns die Sonne Floridas entgegen. Es war einfach wohltuend nach einem so langen Flug.

Schauten wir aus den Fenstern, sahen wir die riesigen Rollfelder mit hunderten von Flugzeugen aller Fluglinien, ein Gemisch wie in einem Murmelglas. Um das zu genießen, hätten wir uns einfach mitten in die Gänge setzen sollen, doch das ging nicht, denn von hinten drängten die Menschenmassen, die aus allen gerade gelandeten Maschinen auf dem Weg zur Passkontrolle waren.

Miami ist ein internationaler Flughafen, d. h. alle inneramerikanischen und interkontinentalen Flüge werden durch die Einwanderungsbehörde geschleust. Was wir hier sahen, verschlug uns den Atem. Hunderte von Menschen aller Rassen und Hautfarben standen vor den Schaltern, ich schätzte so ca. 20 Schalter nur für „International Flights", schön säuberlich aufgereiht wie Wäsche auf einer Leine standen die Menschenschlangen durch Seile voneinander getrennt, damit niemand drängelte.

Unzählige Sicherheitsbeamte sorgten für einen reibungslosen Ablauf. Wenn wir gerade den Eindruck hatten, die Reihen lichten sich ein wenig, kamen von den eben gelandeten Maschinen schon wieder Menschenmassen. Es war ein ständiges Kommen und Gehen.

Nach für uns schier unendlicher Zeit, ich schätze mal es waren ca. 100 Minuten kamen wir auch an den Einreise-Schalter. Ein Sicherheitsbeamter nahm uns unter die Lupe und beobachtete genau war wir machten. Die meisten Deutschen drängelten und drängelten immer nach und das gefiel ihm gar nicht, denn er erklärte den Deutschen, dass sie sich hinter eine Linie, die auf dem Boden angebracht war, stellen sollten und erst, wenn der Officer sie aufforderte mit: „Next, please!", durften sie zu ihm an den Schalter kommen.

Für fast alle Reisenden aus Deutschland war das natürlich eine Geduldsprobe. Mir fiel sofort ein Spruch ein: „Andere Länder, andere Sitten." Wir mussten uns total umstellen, hier liefen die Uhren anscheinend anders. Diesen Spruch konnten wir uns täglich ins Gedächtnis rufen und er sollte uns den ganzen Urlaub in den Vereinigten Staaten von Amerika begleiten.

Die Beamten in den Schalterboxen nahmen allen Reisenden die vorher im Flieger ausgefüllten Einreiseformulare ab und überprüften diese, ob die Eintragungen richtig waren. Bei einigen war das anscheinend nicht der Fall, denn sie wurden wieder zurückgeschickt und mussten erst einmal die Formulare neu ausfüllen.

Endlich, nachdem der Letzte vor uns abgefertigt worden war, waren wir an der Reihe. Es war schon ein komisches Gefühl, als wir vor den imposanten Beamten in Uniformen und Abzeichen standen. Einfach Respekt einflößend. Was uns aber total in Erstaunen versetzte, war diese nicht gekannte Freundlichkeit.

Das freundliche „hi" zauberte ein Lächeln auf unsere Gesichter. Wie üblich hatte meine Frau alles im Griff. Alle Papiere waren einwandfrei ausgefüllt und das Erstaunliche war, wir verstanden sogar einigermaßen die an uns gestellten Fragen und konnten sie auf Englisch beantworten.

Was wir bemerkten, wir hatten vor uns einen „Schwarzen" Officer, der uns natürlich in seinem amerikanischen Englisch ansprach, typisch für Farbige. Ein Slang, der uns in den nächsten Wochen noch einiges Kopfzerbrechen bereiten sollte.

Wir hatten uns schon beim Durchsehen der Reisekataloge zuhause genauestens informiert und wussten dadurch, dass wir bestimmte Sachen, wie Fleisch, Obst oder auch Samen nicht in die USA einführen durften. Deshalb hatten wir auch kein Problem die hier an uns gestellten Fragen wahrheitsgetreu zu beantworten. Wir gingen davon aus, dass wir als Besucher nichts zu befürchten hatten.

Auch die alles entscheidende Frage was wir denn in den USA wollten und wie lange wir bleiben würden, konnten wir ohne weiteres leicht beantworten. Drei Wochen nur Urlaub machen. Damit war alles gesagt und über das schwarze Gesicht huschte ein Lächeln.

Klack, klack, klack, die entsprechenden Stempel knallte er mit einer Hingabe auf die Einreisepapiere und die Pässe, wünschte uns einen schönen Urlaub und rief die nächsten Einreisenden auf mit „next please".

Jetzt mussten wir nur noch unbehelligt durch den amerikanischen Zoll kommen. Wir hatten schon in Deutschland davon gehört, dass der Zoll in Amerika extrem streng sein würde. Ein mulmiges Gefühl hatten wir noch auf dem Weg zum Gepäckband, denn wir mussten ja noch unsere Koffer abholen. Waren sie auch wirklich mitgekommen?

Von den wenigen Flughäfen, die wir bisher kannten, waren wir schon so einiges gewöhnt, hier allerdings war alles doppelt und dreifach groß. Und dann diese Menschenmassen, jeder drängte nach vorne um ja nicht seinen Koffer zu verpassen. Die Gepäckstücke rollten doch immer und immer wieder an einem vorbei, so war doch genügend Zeit seine Koffer zu finden, wenn man sie beim ersten Ansturm nicht sofort erwischte.

Und wir hatten Glück, es ging alles viel schneller als gedacht. Unsere Koffer waren nicht beschädigt, aber beschnüffelt wurden alle Gepäckstücke von einem kleinen Pinscher, der an einer langen Leine mit seinem Herrchen durch die Beine der Menschen wuselte. Zuerst dachten wir hier wird jemand abgeholt, vielleicht sucht der Hund sein Herrchen oder Frauchen, aber nein, das war ein Drogenhund. Unsere Koffer würdigte er keines Blickes. Anscheinend haben die Drogenfahnder eine solch empfindliche Nase, dass sie Drogen schon von weitem riechen.

Wieder war eine Hürde genommen und so konnten wir jetzt weiter zum Zoll. Auch hier hatten wir keine Angst, wir hatten ja nichts zu verzollen. Wir wurden besonders schnell abgefertigt, unglaublich, wir wurden einfach durchgewunken, ohne auch nur einen Koffer zu öffnen, und „schwupps" war alles erledigt.

Riesige Anzeigetafeln zeigten uns den weiteren Weg, natürlich alle in Englisch. Unsere deutsche Sprache mussten wir mit Erreichen des amerikanischen Kontinents ablegen. Es war nur wichtig, dass wir alles was uns betraf auch verstanden.

Erst einmal reihten wir uns in die Menschentraube ein, die den Weg nach draußen suchte. Wir waren in Amerika, ein unbeschreibliches Gefühl! Wie Marionetten gingen wir einfach weiter.

Eines fiel uns allerdings sofort auf, wo wir auch hinsahen, alles war so sauber, fast peinlich sauber. Die riesigen Toilettenräume, nicht so klein wie auf deutschen Flughäfen, machten den Eindruck als wären wir in einem Operationssaal, alles blitzte und blinkte.

Alle Augenblicke waren fleißige Menschen zur Stelle die die Abfallbehälter leerten, den Fußboden fegten oder mit langen Pinzetten herumliegende Papierfetzen einsammelten.

So viel Personal! Sahen wir sie an, lächelten sie freundlich, grüßten höflich oder nickten einfach. Jeder hatte ein Sprechfunkgerät am Arm. Unglaublich!

Es waren so viele freundliche Menschen hier, dass uns das sofort auffiel, von Deutschland waren wir etwas anderes gewohnt. Auch die Hektik wie zu Hause gab es hier nicht. Jeder hatte Zeit, so sah es für uns aus. Die Menschen arbeiten bestimmt genau so viel wie wir, doch gestresste Gesichter sahen wir nicht.

Ganz selbstvergessen gingen wir den Menschenmassen nach. Die Eindrücke waren zu groß als dass wir darüber nachdenken konnten. Wir kamen in die großen Empfangshallen, dort warteten Angehörige vieler Passagiere mit hochgehaltenen Namensschildern um sie abzuholen.

Auf uns wartete niemand. Da dachte ich dass es schön wäre, wenn jetzt hier vor mir meine Zwillingsschwester Mary stehen und mich in ihre Arme nehmen würde. Der Traum war aber auch schnell wieder ausgeträumt. Während wir weitergingen wurden unsere Augen immer größer und größer. Der Ausspruch: „Amerika, das Land der unbegrenzten Möglichkeiten", kam mir in den Sinn.

Wir kamen einfach aus dem Staunen nicht heraus. Alles was wir hier sahen war groß, riesige Flughallen mit ihren Fast-Food-Ständen, die überdimensionalen Schalter, die Shops, sogar die Wartezonen waren für deutsche Verhältnisse zu groß.

Die Erde hatte uns wieder. Schluss mit den Träumereien, denn wir mussten jetzt noch unser gemietetes Auto abholen. Nur wo? Wir gingen einfach zum nächsten Mietwagenschalter um zu erfahren, was wir machen sollten. Ein Schwall von amerikanischen Worten prasselte auf uns nieder.

Nicht einmal die Hälfte dessen was wir hörten, haben wir auch wirklich verstanden. Britt schaute mich mit ihren ungläubigen Augen an die mir signalisierten: „Hast du davon überhaupt ein Wort verstanden? Ich nicht das Geringste." Aber auch ich musste gestehen, mein Latein war am Ende. Es half aber nichts, da mussten wir durch.

Mit meinen wenigen Englisch-Kenntnissen tastete ich mich langsam vor und fragte eine junge, freundlich lächelnde Frau nochmal wo wir denn unseren Mietwagen bekommen. Wieder schnelle amerikanische Sätze. Ich versuchte nun ihr klar zu machen, dass wir aus Deutschland kämen und mein Englisch nicht so gut sei, sie möge doch bitte langsamer und deutlicher sprechen, und siehe da, es funktionierte.

Ich verstand gerade einmal so viel, dass draußen, also vor dem Flughafengebäude Busstationen wären, dort können wir in einen Shuttlebus steigen, der uns zu unserer entsprechenden Mietstation bringen wird. Was tun? Ab nach draußen und Augen auf. Irgendwo muss ja diese Shuttlestation sein. Als erstes bekamen wir einen Schock. Kaum gingen die Türen des Gebäudes auf, hatten wir den Eindruck wir liefen vor eine Wand, eine Wand aus Hitze und trockener Luft. Nicht zu vergleichen mit der Luft die beim Öffnen der Flugzeugtür in die Maschine strömte.

Mit solch einer Wärme haben wir nicht gerechnet. Eingestellt auf Wärme waren wir ja, und wir hatten auch gehofft, dass es schön warm sein würde, aber diese Hitze. Bevor wir richtig nachdenken konnten, sahen wir die Shuttlebusse der verschiedenen Vermietstationen, die in einem immerwährenden Turnus an den einzelnen Stopps hielten und die Reisenden mitnahmen.

Aber so einfach wie es aussah war das auch wieder nicht. Wir stellten uns an den „Busstopp" und warteten auf den nächsten Bus. Während wir danach Ausschau hielten, wurden wir immer wieder abgelenkt von dem Gewusel um uns herum und dadurch verpassten wir das nächste Shuttle. Langsam gewöhnten wir uns an diese Shuttle-Pendelei. So konnten wir erkennen welchen Rhythmus das ganze System hatte.

Es war genau wie auf dem Flughafen. Verschiedene Anbieter, verschiedene Shuttle. Nachdem dann endlich der für uns richtige Bus kam, stieg der Fahrer aus, begrüßte uns alle mit einem fröhlichen „hi" und die Reisenden stiegen ohne ihre

Gepäckstücke einfach in das Shuttle ein ohne auf ihre Koffer zu achten. Das glaube ich hätte es in Deutschland nicht gegeben.

Der Busfahrer beförderte dann sämtliche Gepäckstücke in aller Seelenruhe in den Bus, sah sich noch einmal um, ob er nichts vergessen hatte, stieg ein, setzte sich hinter das Steuer und fuhr los. Einige ungewisse Minuten begannen. Wir fühlten uns wie auf einem anderen Stern, die Fahrgäste unterhielten sich dermaßen laut in verschiedenen Sprachen, dass uns die Spucke weg blieb.

In dem Shuttlebus war es lausig kalt, die Kühle fanden wir in den ersten Minuten ganz angenehm gegenüber der Stauhitze draußen. Hatten aber die Befürchtung, wenn das noch die Fahrt über weiter so kalt bleibt, haben wir uns erkältet. Aber anscheinend war es hier so üblich, alle anderen Fahrgäste fanden es ganz normal.

Beim Verlassen des Flughafengeländes sahen wir jetzt erst wieviel Verkehr hier auf den Straßen war. Trotz vierspuriger Straße in eine Richtung, hatten wir den Eindruck, alle Autos sind auf der Flucht. Eine Hektik die wir so nicht erwartet hatten. Unserem Shuttle-Fahrer machte es natürlich nichts aus, denn er sang leise vor sich hin und hatte Spaß trotz der vorher geschleppten Koffer, die bestimmt nicht leicht waren. Vielleicht dachte er auch schon an das Trinkgeld.

Über das Trinkgeld, genannt „Tip", hatten wir uns schon in Deutschland schlau gemacht. Das Trinkgeld in USA ist eines der wichtigsten Bestandteile im Service, das sollten wir noch oft genug bemerken. Wir sahen uns die Gegend an, denn wir wollten ja wissen wo der Fahrer uns hin brachte.

Wir staunten über die breiten Straßen mit den überdimensionalen großen Autos. Kleine Autos, wie bei uns zu Hause, sahen wir hier fast gar nicht. Die riesigen Trucks, die erdrückenden Reklametafeln an den Gebäuden und den Straßen, waren schon eine Besonderheit.

Im Süden von Florida waren wir hier. Die vielen Palmen und blühenden Sträucher inmitten der geteilten Fahrbahnen und an den Fahrbahnrändern waren wunderschön anzusehen. Wir hatten uns noch nicht satt gesehen, da bogen wir auch schon in eine Seitenstraße, fuhren durch ein bewachtes Tor direkt auf die Anlage der Auto-Vermietstation. Es sah aus, als wären wir auf einem riesigen Parkplatz eines Autokonzerns angekommen.

Da standen unzählige Mietautos auf nummerierten Parkplätzen und warteten auf ihre Abholer. Kleine Sportflitzer, große Limousinen, dicke Wagen mit sehr breiten Reifen, weiße, silberne, farbige, Riesen-Wohnmobile und vereinzelt riesige Monster-Trucks. Wer hat denn da noch einen Überblick? Aber dass das nichts Besonderes war, sollten wir später merken.

Ein Ruck brachte uns in die Wirklichkeit zurück, wir fuhren gerade über eine sogenannte „Autosperre" Gott sei Dank in der richtigen Richtung. Der Fahrer brachte uns an einen Haltepunkt und wir konnten den Bus verlassen. Unser Gepäck wurde von ihm ausgeladen und jeder steckte ihm ein Trinkgeld zu.

Für unsere drei Gepäckstücke hatte ich mir schon vorher drei Dollar eingesteckt und gab sie ihm, die er genauso schnell in seine Tasche verschwinden ließ, wie die Scheine der anderen Gäste auch. „Thank`s a lot", kam über seine Lippen und man sah ihm an, dass er damit zufrieden war. Im Reiseführer hatte ich gelesen in solchen Situationen sollte man pro Gepäckstück einen Dollar als Tip geben.

Die Reisenden strömten anschließend in das Hauptgebäude um den Mietwagen in Empfang zu nehmen. Hier beeindruckte uns die Sauberkeit und die Disziplin, alle mussten wieder in abgesperrten Reihen warten, bis ein Agent hinter dem Schalter uns mit „next" aufforderte an den Schalter zu kommen.

Wieder fiel mir auf, jeder hatte die Ruhe weg, und unterhielt sich mit seinem Nachbarn. Es waren ja schließlich genug Autos da, zumal der größte Teil schon vorgebucht war. Wir hatten genug Zeit, denn der Urlaub begann ja erst hier so richtig. Sogar eine deutsche Stimme hörten wir aus dem Gewirr heraus, und wussten jetzt, dass wir doch nicht so allein hier sind.

Fast eine Stunde haben wir in dieser Schlange gestanden bis wir an der Reihe waren. Nun begann der schwierigste Teil. Ich gab meinen Voucher ab, die sogenannte Quittung, dass ich einen bestimmten Wagentyp in Deutschland angemietet und bezahlt hatte, nestelte schon mal meinen Führerschein heraus und meine Kreditkarte.

Letztere hatte ich erst seit ein paar Wochen, denn beim „Schlaumachen" hatte ich sie mir in Deutschland besorgt. Diese Kreditkarte sollte in den Staaten so richtig ausprobiert werden, ob es auch so funktionierte wie wir es uns vorgestellt hatten.

Ein Glück, dass ich eine Kreditkarte hatte, denn sonst wären $ 500 bar fällig gewesen als Kaution. Die Fragen des Mannes hinter dem Tresen brachten mich schnell wieder in die Wirklichkeit zurück. Ich konnte ihm immer nur antworten: „Tell me that again, speak slowly, my English is not so good, please."

Siehe da es klappte, wieder ein sehr freundlicher Mensch. Anscheinend kannte er diese Probleme mit deutschen Besuchern. Von nun an ging es Schritt für Schritt weiter.

Er versuchte mir zu erklären, dass genau dieser Wagen, den ich gemietet hatte viel zu klein sei, schaute mich dabei etwas prüfend an, merkte aber, dass ich nicht bereit war über eine höhere Klasse, d.h. ein größeres Auto und damit auch ein Teureres zu verhandeln.

Zu Hause hatten wir entschieden das günstigste und auch das kleinste Auto anzumieten. Der gesamte Urlaub musste ja bezahlbar sein, wir wollten uns deshalb nicht in Schulden stürzen. Er machte noch einen Versuch, indem er auf das Gepäck schaute und meinte, es würden doch nur ein paar Dollar mehr am Tag sein, aber für 3 Wochen waren ein paar Dollar mehr pro Tag schon zuviel für uns.

Es blieb dann aber so wie wir es gebucht haben. Sicherheitshalber legte ich noch meinen internationalen Führerschein auf die Theke, den ich mir extra gegen Gebühr ausstellen ließ, ohne zu ahnen, dass er hier in USA gar nicht erforderlich ist. Unser Führerschein, der berühmte uralte graue Lappen, wurde ohne Bedenken akzeptiert.

Dann druckte er mir ein Formular aus, legte es mir hin und las mir in Windeseile vor was ich alles unterzeichnen sollte, indem er die Stellen ankreuzte, an die ich mein Kurz-Zeichen (Initial) setzen sollte. Ich wusste genau, alle Versicherungen und Gebühren hatte ich mit diesem Voucher bezahlt. Darüber haben wir uns in Deutschland informiert. Folglich konnte ich unterschreiben.

Er gab mir die Kreditkarte, die er vorher durch einen Automaten gezogen hatte, meinen Führerschein und den Vertrag über den Tresen zurück. Dabei legte noch ein Formular mit Verhaltensregeln im Straßenverkehr, und was noch sehr wichtig war, eine Straßenkarte von Florida dazu.

Dann übergab er mir den Schlüssel für unseren Mietwagen und einen Zettel mit der Nummer des Parkplatzes auf dem mein Wagen stand. Mit kurzen Handbewegungen wies er mir den Weg zu den Parkplätzen, verabschiedete sich wiederum sehr freundlich, wünschte mir viel Spaß, und nachdem ich mich auch freundlich bedankte, hörte ich ihn schon wieder rufen: "Next." Diese Hürde war genommen.

Britt wartete draußen sehnsüchtig auf mich und meinte nur: „Na, hat alles geklappt?" Ich nickte und musste mich erst einmal sammeln, denn das, was ich gerade erlebt hatte, war Stress pur. Ich hatte Schweißperlen auf der Stirn, sie kommen doch nicht vom Stress dachte ich. Dann merkte ich, dass die heiße Florida-Sonne Schuld daran war.

Wir tigerten langsam, das Gepäck hinter uns herziehend zu den nummerierten Parkplätzen auf der Suche nach der Nummer, die auf dem Zettel stand. Endlich hatte unsere Suche Erfolg, der Wagen stand vor uns, und wie überrascht war ich. Da stand ein richtig schönes Auto, groß genug für uns zwei und das Gepäck konnten wir auch gut verstauen.

Wir hatten von jetzt an alle Zeit der Welt und sahen uns in aller Ruhe das Auto an. Das Gepäck wurde eingeladen, Sitze und Spiegel in die richtige Position gebracht, das Radio und die Klima-Anlage, AC genannt, ausprobiert usw. usw. Es war des erste Mal, dass wir ein Auto, in einem für uns fremden Land, gemietet haben, und ich wollte mich vor Fahrtantritt mit dem Auto vertraut machen.

Gut dass wir eine AC im Auto hatten, denn wir merkten wie warm es tatsächlich draußen war. Also nichts wie rein in das Auto, AC an und die Straßenkarte studieren war jetzt das Wichtigste. Wir hatten uns zu Hause noch kein Motel ausgesucht, hatten aber auch von den amerikanischen Motels keine Ahnung.

Wir waren uns einig, erst einmal loszufahren in Richtung Norden zur A1 um zu gucken, wo wir ein für unseren Geldbeutel günstiges Motel finden würden. Wir wollten in Richtung Miami-Beach fahren, nur es war gar nicht so einfach zu finden, und ich hatte zum ersten Mal im Leben einen Automatik-Wagen unter dem Hintern.

Nach einigen Metern merkte ich, das war einfacher als ein Schaltwagen. Der Verkehr war zwar dicht, aber nichts Besonderes. Die Amerikaner können ja doch Auto fahren stellte ich fest, in Deutschland meinte ich gehört zu haben, sie können es nicht. Da fand ich den Straßenverkehr in Italien, speziell in Triest weit gefährlicher. Sogar in Wien rasten die Österreicher wie verrückt durch die Stadt.

Hier fuhren sie diszipliniert. Ich schaute Britt an, sie mich, und schon hatten wir beide Tränen in den Augen, vor Glück. Endlich wird ein Traum wahr. Wir befanden uns auf einer Schnellstraße Richtung Osten, denn dort lag Miami-Beach.

Was wir allerdings noch nicht wussten, diese Straße war eine „Toll-Road" eine Straße, die man bezahlen musste wenn man sie befahren wollte. Schon nach ein paar hundert Metern kamen wir an die „Toll-Station". Es sah so aus wie bei unseren Fahrten in die DDR nach Thüringen und an der Grenze auf verschiedene Spuren geleitet wurden.

Die nachfolgenden Wagen scherten aus und verteilten sich. Wer Kleingeld hatte, konnte das geforderte Hartgeld einfach in einen offenen Korb werfen in dem es automatisch gezählt wurde, damit sich anschließend die Schranke vor uns öffnete. Wir mussten nur ein 25 Cent Stück einwerfen und schon ging die Schranke hoch.

Jetzt hatten wir freie Fahrt. An uns rauschten die Ami-Schlitten vorbei, ich hatte das Gefühl, die haben es alle eilig. Britt meinte dann nur, du fährst ja auch viel zu langsam, du solltest dich schon an die normale Geschwindigkeit halten und die war 55 Meilen die Stunde.

Nach einem Blick auf den Tacho stellte ich fest, sie hatte ja Recht, denn auf der Anzeige sah ich zwei Skalen von Geschwindigkeiten. Ich hatte mich versehentlich an die Kilometeranzeige gehalten und nicht, wie es hier in Florida und in der gesamten USA üblich, an die Meilenanzeige.

Das war aber auch nicht tragisch, so hatte ich doch viel mehr Zeit mich an den amerikanischen Fahrstil zu gewöhnen. Der Himmel über uns war „kitschpostkartenblau" und die Sonne schien ohne Erbarmen auf uns herunter.

Ohne Sonnenbrille ging gar nichts, sonst wäre ich durch das gleißende Licht, das sich in der Heckscheibe der vor mir fahrenden Autos spiegelte, geblendet worden, so dass ich bestimmt vor den nächsten Baum gefahren wäre. Es waren nur kleine, neu angepflanzte Palmen an den Straßenrändern. Gott sei Dank!

Daran sahen wir, dass diese Straße noch gar nicht so alt sein konnte, sonst hätten die Palmen schon eine andere Höhe haben müssen. Wir fuhren gen Osten und hatten die Sonne im Nacken, es war schließlich schon nachmittags. Früh morgens waren wir in Deutschland abgeflogen, und landeten dann nach ca. 11 Stunden Flug, so gegen 2 Uhr Ortszeit, in Florida.

Die Sonne stand so hoch, so dass wir noch genügend Zeit hatten uns ein kleines Motel zu suchen. Aufgedreht waren wir von dem langen Flug und an einschlafen war noch nicht zu denken. Wir setzten unsere Fahrt fort, immer darauf achtend, dass wir die angegebene Geschwindigkeit einhielten.

Von den Entfernungen in USA hatten wir keine Vorstellungen, denn 50 Meilen sind eben keine 50 Kilometer und das sollten wir noch lernen.

Um nach Miami-Beach zu gelangen, mussten wir durch halb Miami fahren, der Highway führte zwar schnurstracks dorthin, doch durch die Innenstadt war es gar nicht so einfach. Was wir sahen, war schon eine andere Welt. Wir dachten es wären die tollsten und schönsten Viertel dieser Stadt.

Kleine Villen, ländlich aussehend, und doch waren es prächtige Villen. Riesige Geschäftsviertel mit Wolkenkratzern in einem Straßengewirr bis wir über eine lange Brücke fuhren, die uns nach Miami-Beach führte.

Umgeben von Wasser wie im Märchen, von türkis bis weiß-blau, himmelblau bis hin zum tiefen Blau sahen wir nur noch Wasser, darauf die schönsten Boote und Yachten. Zwischendurch flitzten Rennboote über das Wasser. Teilweise sahen sie aus wie in der Fernsehserie „Miami-Vice". Dann sahen wir schon die Landzunge von Miami-Beach vor uns. Dahinter waren die großen Schiffe auf dem Atlantik zu sehen und wir fuhren am Hafen von Miami vorbei.

Langsam näherten wir uns dem berühmten „Art-Deco-Viertel" auf der Landzunge ganz im Süden von Miami-Beach, dort wo die Welt anscheinend zu Ende ist. Weiter in Richtung Osten, hinter dem großen Wasser liegt unsere Heimat, nämlich Europa. Nur einige hundert Seemeilen entfernt. Zu weit dort hin schwimmen zu können. Beim Erreichen dieser Landzunge kamen wir aus dem Staunen nicht mehr heraus. Eine ganz andere Welt. Hier leben reiche Menschen, reicher als reich, Superreiche.

Wir fuhren weiter auf der A1A, Richtung Norden. Sie schlängelte sich durch die wunderschönen Villenviertel mit den präzise geschnittenen Rasenflächen und Sträuchern, den einmaligen Portalen der Häuser und Villen, breiten Auffahrten für die „kleinen", ach was sage ich, winzigkleinen amerikanischen Straßenkreuzer, die mindestens so lang waren wie zwei VW`s oder Ford`s zusammen. (Den Eindruck hatte ich jedenfalls.)

Und es begegneten uns natürlich auch die „Limo`s", 2-3 mal so lang wie ein Mercedes. Was ist schon hier in den Staaten ein Mercedes? Das sollten wir sehr schnell lernen. Der Mercedes ist hier nur ein Statussymbol der Reichen, mehr nicht. Wer etwas auf sich hält oder meint er muss damit angeben, hat mindestens einen Mercedes oder mehr in seiner Garage.

Vor den Häusern standen sie einfach in der Auffahrt, damit sie auch von den anderen gesehen wurden, denn jeder sollte daran erkennen hier wohnt jemand mit Geld. Wir sahen in dieser Villengegend die tollsten Autos, angefangen vom einfachen VW-Käfer, Mustang, Cadillac, bis hin zum Porsche und Lincoln-Town-Car.

Auf der rechten Seite der Straße, direkt am Ocean lag das Sommerhaus von John F. Kennedy. Abgeschirmt von riesigen Hecken und Büschen, nur die Einheimischen wussten wer hier wohnte. Alle Villen waren sehr gepflegt. Überall waren mexikanische Gärtner dabei den Rasen und die Hecken zu schneiden und zu pflegen.

Dieser Strandabschnitt hatte sogar seine eigene Polizei, die alle Häuser und Gärten, besonders die Fremden im Auge behielt. Sie fuhren hier Streife und achteten peinlich genau auf die Geschwindigkeit. Wir hatten darüber gelesen und achteten deshalb auf die Amerikaner in ihren Straßenkreuzern, wenn die plötzlich in die Eisen gingen und sich, wie durch Zauberei, der vorgeschriebenen Geschwindigkeit anpassten und stur 25 mph fuhren. Wir machten es ihnen sofort nach.

Die Fahrt ging weiter Richtung Norden und wir kamen langsam dahin, wo nicht mehr so viele Villen standen, sondern riesige Wolkenkratzer. Es waren die großen Hotels und Condominiums, (Eigentumswohnungen).

Mittlerweile waren wir mehr als 20 Stunden auf den Beinen, die Müdigkeit machte sich bemerkbar und wir wollten nach einem Motel sehen, denn lange fahren konnten wir nicht mehr. Nach kurzer Zeit, wir hatten die Wolkenkratzer hinter uns gelassen, fanden wir das erste, saubere und günstige Motel.

Auf der linken Straßenseite war eine Leuchtreklame mit der Aufschrift Room $30. Das war das Limit, das wir uns gesetzt hatten. In großen Leuchtbuchstaben stand dort „BIMINIMOTEL". Es sah sauber aus, hatte einen pinkfarbenen Anstrich. Die Zimmer waren zu ebener Erde und genügend Parkplätze waren auch da.

Einfach hinein und fragen war eins. Der Mann hinter dem Tresen machte einen netten Eindruck. Nun konnten wir das erste Mal unsere Englischkenntnisse anwenden, jedoch bei diesem ersten Versuch versagten wir kläglich. Aber was soll`s, mit Händen und Füßen ging`s dann doch und er zeigte uns das Zimmer.

In den Urlaubskatalogen hatten wir das alles schon gesehen, doch jetzt, als wir alles vor Ort sahen, war es ganz anders. Wir konnten mit dem Auto direkt vor dem Zimmer parken und brauchten die Sachen nur hineintragen, kein Problem. Groß auspacken wollten wir nicht, erst musste das Zimmer bezahlt werden. Als ich dann bezahlen wollte, füllte der Besitzer schon die Formulare aus währenddessen ich noch nach meiner Geldbörse fummelte. Wir mussten die Fahrzeugnummer angeben und bezahlten hier bar.

Anscheinend war dem Mann aufgefallen, dass ich eine dicke Geldbörse hatte. Er konnte die vielen Dollarnoten sehen. Wir machten uns gerade fertig um zum Essen zu gehen, da klopfte es plötzlich an unserer Zimmertür.

Ich öffnete vorsichtig unsere Tür und staunte nicht schlecht, vor mir stand eine junge Frau, die uns in deutscher Sprache anredete. Der Mann im

Office hatte ihr gesagt, anscheinend kannten sie sich, dass deutsche Gäste angekommen wären und beim Bezahlen sei ihm aufgefallen, dass ich ein dickes Bündel Dollarscheine habe. (Bei 1 $ Scheinen kein Wunder.)

Sie sollte uns warnen, denn überall lauerten Gefahren. Diebe und Scharlatane gäbe es auch hier in Florida genug. Etwas vorsichtiger sollten wir schon mit unserem Geld umgehen. Bei zunehmender Kriminalität in den USA kann man nicht vorsichtig genug sein. Wir waren der jungen Frau dankbar und kamen schnell mit ihr ins Gespräch. Schon am ersten Abend hatten wir das Glück und konnten uns in unserer Muttersprache unterhalten. Sie bot an uns zum Essen zu begleiten, schräg gegenüber war ein Lokal, das einigermaßen günstig sei.

Nachdem wir dann umgezogen waren, gingen wir mit ihr dort hin und wir haben uns angeregt unterhalten. Sie bot uns gleich das DU an, weil es in den Staaten üblich sei, jeder duzt jeden – dort gibt es nur das „You".

Wir stellten uns vor und erfuhren von ihr, dass sie Christa heißt und schon seit einigen Jahren in Kanada lebt, ihr Mann bei Siemens arbeitet und in Kanada seinen Job hat. Zur Zeit mache sie Urlaub hier unten in Florida um ein wenig Abstand zu gewinnen. Was auch immer das bedeuten sollte.

Sie gab uns an diesem Abend viele gute Tipps, wie wir uns in den USA verhalten sollten. Die waren natürlich Gold wert. Als wir zurück im Motel waren, suchte ich nach einem Safe in dem ich all unsere Papiere lassen konnte. Leider ohne Erfolg, da hatte ich die Idee das Geld, unsere Pässe und die Flugscheine für den Rückflug einfach zu verstecken.

An meiner Seite unter dem Bett fand ich an einer Stelle einen Riss im Teppich, wo ich alles hineinstecken konnte. Dann schob ich das Bett so über diesen Riss, dass man das nicht mehr sehen konnte. Am nächsten Morgen war ich froh, dass noch alles vorhanden war, man hätte mich ja auch samt Bett verschieben müssen.

An diesem Morgen wurden wir von Christa zum Frühstück eingeladen, wieder in das Restaurant gegenüber. Da die Speisekarte uns reichlich Probleme bereitete, half sie uns diese zu verstehen. Das berühmte amerikanische Frühstück war sehr gut, das konnten wir auch gebrauchen, denn wir hatten an diesem Tag noch einiges vor der Brust.

Bevor wir gingen wollte ich noch zur Toilette und auf dem Weg begegnete mir Christa. Ich zog sie zur Seite um eine Bitte loszuwerden. Da sie doch in Kanada lebt, erzählte ich ihr kurz von meiner Zwillingsschwester in Vancouver und bat sie für mich zu recherchieren.

Sie schaute mich mit großen Augen an und wunderte sich, dass ich das so heimlich mache. Wir tauschten unsere Adressen aus und sie versprach mir, sich nach ihrer Rückkehr in Kanada sofort darum zu kümmern. Sollte sie irgendetwas in Erfahrung bringen, würde sie sich direkt an mich wenden.

Weil ich so lange weg blieb, kam Britt mir schon entgegen. Da sah sie, dass ich mich mit Christa unterhielt und wollte sofort wissen, was wir beiden denn zu besprechen hätten. Ich kam mir ertappt vor. Sie hat aber nichts von unserem Gespräch gehört. Aber ich habe ihr versprochen, heute Abend alles zu erzählen. Es beruhigte sie glaube ich nicht wirklich, da wir aber heute noch viel zu fahren hatten, gab sie sich mit meinem Versprechen zufrieden, schaute mich allerdings während der Weiterfahrt immer so von der Seite an, als wollte sie sagen: „Na, was habt ihr denn ausgeheckt? Es muss wirklich etwas Besonderes sein.“

Christa konnte ich die Adresse meiner Zwillingsschwester und die Telefonnummer zustecken. Sie zwinkerte mir zu und lachte, wobei sie mir erzählte, ihr Sohn wohne in der gleichen Region wie meine Zwillingsschwester. Mit ihm wolle sie sich in Verbindung setzen, mal sehen was der erreichen kann, denn er kennt sich mit den kanadischen Behörden besser aus.

Nachdem wir uns von Christa verabschiedet hatten fuhren wir weiter auf der A1A gen Norden, schön langsam. Wir bestaunten die Vegetation, die schönen Häuser und Gärten, die riesigen Parkplätze, die Einkaufszentren, und den rechts von uns liegenden Atlantik. Wir konnten uns einfach nicht satt sehen.

Manchmal machten wir einfach einen kleinen Halt wenn wir eine besonders schöne Aussicht auf den Ocean hatten. Wir parkten unseren Wagen dann auf einem dieser großen, freien Parkplätze um ein paar Schritte am Wasser entlang zu laufen und die samtige Florida-Luft zu genießen.

Das war ein tolles Gefühl so den Strand entlang zu laufen, alle Anspannung von sich abzuschütteln und die grenzenlose Freiheit zu genießen. So richtig frei sein, ich hätte nie gedacht, dass ich dieses Gefühl wirklich spüre. Es war noch sehr früh am Morgen, auf den Straßen war es ziemlich ruhig und wenn wir nach Osten schauten sahen wir, dass die Sonne gerade über den Horizont lugte.

Eine frische Brise wehte vom Meer herüber, und doch merkten wir schon die Wärme der Sonnenstrahlen, sie hatten ja auch freie Bahn, am Himmel war keine einzige Wolke. Wir setzten uns unter eine Palme, hingen unseren Gedanken nach und freuten uns über alles was wir erlebten.

Einige Augenblicke später, packte uns wieder die Neugier. Dieses neue Land zog uns in seinen Bann und wir setzten unseren Erkundungs-Trip fort.

Ich hatte meine Filmkamera dabei und filmte wie besessen darauf los. Wir wollten später, wenn wir wieder zuhause sind, unseren Kindern und den Eltern zeigen, was wir erlebt und gesehen haben. Sie hatten doch keine Ahnung von Amerika.

Mit der Kamera habe ich damals, als wir in Jugoslawien Urlaub machten, jede Kleinigkeit und Sehenswürdigkeit gefilmt. Diese Kurzfilme hatte ich in den Jahren danach immer zu einem Film von ca. 2 Stunden zusammengeklebt. Es waren vertonte Erinnerungen, diese Filme.

Für den Amerika-Urlaub habe ich mir ein Stativ besorgt, damit die Filme auch schön ruhig abliefen. Wenn ich dann mit der Kamera unter dem Arm und dem Stativ über der Schulter herumlief, wurde ich meistens bestaunt, denn ich hatte einen Deutschlandsticker auf die Kameratasche geklebt, und wenn ich darauf angesprochen wurde, habe ich schlicht und einfach geantwortet: „German TV!" Meistens haben die Amis dann gelacht und es war erledigt.

Für diesen Urlaub habe ich ca. 20 kleine Filmrollen mit je einer Länge von ca. 15 min. mitgenommen, die Britt in ihrer Tasche mit sich herumtrug. Es sollte wieder ein Urlaubsfilm werden und den wollte ich mit amerikanischer Musik unterlegen.

Da wir immer sehr viel Zeit hatten und uns auch nicht hetzen ließen, bummelten wir, wenn unterwegs schöne Shops waren einfach um zu schauen. Egal ob es ein kleiner oder großer Shop war. Es war alles hier in USA größer, schöner, bunter und überraschender. Diese vielen Eindrücke konnten wir mitnehmen! Mit der Kamera konnte ich sie einfangen und für die Zukunft festhalten.

Auf der berühmten A1A fuhren wir immer weiter und näherten uns langsam einer der schönsten Städte Floridas, dem Venedig der USA, Fort-Lauderdale. Wir wollten uns ein Motel für die Nacht suchen noch bevor wir Fort-Lauderdale erreichten. Von der Fahrt, der Hitze und den Eindrücken geschafft, war es jetzt an der Zeit uns auszuruhen.

Es war mittlerweile früher Nachmittag und die Wärme und Sonne taten ihr Übriges. Es musste ein Motel mit Pool sein. Abgesprochen hatten wir uns vor der Reise, wenn wir nämlich so richtig groggy wären, wollten wir im Pool ausspannen und uns erholen. Wir fanden ein Motel kurz hinter dem Städtchen Hollywood. Nicht das berühmte Hollywood bekannt durch die vielen Filme in Kalifornien, nein das kleine, bescheidenere Hollywood in Florida. Es lag direkt an der A1A zwischen Miami und Fort-Lauderdale.

Wir bekamen ein Zimmer in der ersten Etage und stellten fest, das Motel war von der Einrichtung her nicht anders als das erste Bimini-Motel vom Vortag. Der Pool war auch vorhanden, und wir haben es genossen. Das Wasser war so richtig schön warm, wie Badewasser. Eine Erfrischung war das nicht, war aber kein Problem, denn es tat unseren Knochen gut. Nach einiger Zeit merkten wir doch die Abkühlung und wie sich unser Körper entspannte.

Was uns dabei sofort auffiel, in diesem Motel waren viele Kanadier. Verstehen konnten wir sie leider nicht, denn die meisten Kanadier unterhielten sich in ihrer Muttersprache Französisch, oder in einem französisch klingenden Englisch, welches wir ebenfalls nicht verstanden. Die gesamte Gegend um Hollywood war belagert von Kanadiern.

Unsere paar Brocken Englisch reichten aber doch aus, um uns nach einem guten und preiswerten Restaurant zu erkundigen. Ganz in der Nähe, schräg gegenüber auf der anderen Straßenseite, war ein Restaurant. Mit einem Restaurant, so wie wir es von Deutschland her kennen, war es nicht zu vergleichen. Was wir aber dann hier sahen, verschlug uns die Sprache.

In großer Leuchtreklame sahen wir den Schriftzug „SIZZLER". Von außen sah es nicht nach einem Restaurant aus, die Außenwände waren mit Brettern verkleidet die man mit Farbe einfach aufgepäppelt hatte.

Ein Restaurant, das sich hinter einer Bretterwand versteckte, weckte besonders unsere Neugierde. Die Kanadier aus unserem Motel hatten es uns empfohlen. Deswegen gingen wir auch ohne zu zögern hinein, wir hatten so richtig Hunger nach dem anstrengenden Tag. Wir sollten uns aber gewaltig täuschen in dem „Bretterverschlag". Eine ganz andere Welt tat sich vor unseren Augen auf.

Mit gemischten Gefühlen schauten wir uns erst einmal um. Hier drinnen war aber auch alles nur vom Feinsten. Die schon angesprochene, besondere Sauberkeit strahlte uns entgegen. Wir hatten vorher in Deutschland in den schlauen Reisebeschreibungen gelesen, wenn man ein Restaurant betritt, sollte man stets warten, bis die Bedienung kommt und uns einen Platz anbot.

An den Wänden sahen wir riesige Tafeln mit farbigen Menüvorschlägen, angefangen vom Frühstück über das Mittagessen bis hin zum Abendessen. Verschiedene Steakarten, sowie Fleisch- oder Fischsorten, bis zum Gemüse und den Salaten. Als wir die Preise sahen, waren wir überrascht, sie waren gar nicht so teuer wie vorher angenommen. Wir entschieden uns für ein Steak mit Folienkartoffeln und der Salatbar, die im Preis enthalten war.

So um die $ 7 pro Person mussten wir dafür berappen. Nach Getränken gefragt entschieden wir uns für Softdrinks, Eistea, Cola und Limonade. Unsere Bestellung wurde einfach durch die Kopfhörer, die auch die Menschen hinter der Theke auf dem Kopf hatten, weitergegeben. Nach der Frage, ob wir cash oder Credit bezahlen wollten, antwortete ich einfach cash. Dann ging es sehr schnell, die Getränke wurden uns gereicht und Britt hat sich mit einem Tablett bewaffnet und weiter ging es.

Mit dem Tablett in der Hand suchten wir uns dann einen Tisch. Kein Personal wies uns einen Tisch zu, nein wir konnten hingehen wohin wir wollten. Das war schon toll, und wir merkten dass das, was in den Büchern stand, nicht immer der Wahrheit entsprach oder es war nicht ausführlich genug.

Nachdem wir uns für einen Fensterplatz entschieden haben, kam eine freundliche Bedienung, begrüßte uns kurz, nannte uns ihren Namen und nahm den Beleg von unserem Tablett. Das leere Tablett nahm sie gleich mit, brachte uns noch so ca. 4 – 6 Teller und wünschte uns einen guten Appetit mit dem Hinweis, die Salatbar wäre dort drüben, und wir könnten uns selbst bedienen.

Etwas verdutzt schauten wir da schon aus der Wäsche, doch was sollte es, wir betraten wieder einmal Neuland.

Unser Augenmerk galt den Gästen. Die Art und Weise, wie sie sich am Büfett bedienten, beobachteten wir genau und machten es ihnen nach. Wir wollten ja nicht auffallen, also nahmen wir unsere Teller und gingen zum Büfett. Eine lange Theke, so ca. 1 Meter breit und ca. 5-6 Meter lang, von beiden Seiten zu begehen und eine Salatsorte neben der anderen. Diese Theke war gefüllt mit Crash-Eis und die Schüsseln standen in dem Eis, der Frische wegen.

Wir entschieden uns vorsichtig für einige Salate mit dem Gedanken, dass wir ja noch ein Steak bekommen. Mit unseren Salaten waren wir so beschäftigt, dass wir erst etwas später merkten, wie die Amis und Kanadier sich ihre Teller vollpackten, so voll, als würde das Büffet jeden Augenblick abgeräumt.

So volle Teller haben wir noch nie gesehen. Immer mehr und immer höher wurde aufgepackt, das sah nicht mehr appetitlich aus. Anscheinend machte es ihnen überhaupt nichts aus, solch ein Durcheinander auf einem überfüllten Teller zu haben. Beim Anblick dieser durcheinander gematschten Speisen bekam ich schon ein Würgegefühl. Das kann doch gar nicht schmecken, dachte ich, aber vielleicht doch. Die Amis sind schon ein besonderes Völkchen wenn sie bei diesem Anblick noch Appetit beim Essen haben.

Am Tisch angekommen, wurde uns auch schon unser Steak gebracht, wunderschön auf einer heißen Aluschale serviert, garniert mit einem Salatblatt, einer großen Folienkartoffel und einer Orangenscheibe. Im Steak steckte ein kleiner Plastikpin. Wir schauten uns an und entdeckten dann darauf einen Buchstaben. Im Nachhinein stellten wir fest, dass man damit den Garzustand des Steaks sehen konnte. R für rear, M für medium, W für welldone. Die Bedienung fragte uns ob alles in Ordnung sei, welche Steaksoße wir für das Steak wollten, dabei standen schon 2 davon auf dem Tisch.

Wir dachten, schaden kann es ja nicht wenn wir noch eine dritte Soße hätten, und bejahten diese Frage. Kurz darauf wurde sie uns dann gebracht verbunden mit einer neuen Frage, ob wir denn auch noch eine Tasse Kaffee wollten. Diese verneinten wir allerdings, denn Kaffee während des Essens war nicht so unser Ding. Eine Tasse Kaffee wollte meine Frau sicherlich erst nach dem Essen trinken.

Während wir unser Essen genossen, beobachteten wir ungewollt unsere Nachbarn an den anderen Tischen und stellten mit Erstaunen fest, dass diese überhaupt keine Tischmanieren hatten. Wir hatten schon einmal gehört, dass mancher Ami nicht mit Messer und Gabel essen kann, doch das, was wir hier sahen, übertraf alles. Die meisten fielen einfach über das Essen her, wie Vandalen.

Das Messer wie einen Meißel in der Hand, je nachdem ob es ein Rechts- oder Linkshänder war, die Gabel genauso umständlich in der anderen, und dann wurde das Steak, oder was sich gerade auf dem Teller befand, dermaßen malträtiert, dass uns alleine vom Zuschauen fast schlecht wurde.

Wir wollten uns nichts anmerken lassen, staunten aber doch über diese „Tischkultur". Nicht wie wir es gewohnt waren wurden die Teller leergegessen, nein in einigen Speisen wurde einfach nur herumgestochert und der Teller dann beiseite geschoben. Es ist ja genug da!! Und schon gingen sie wieder an das Büfett und beluden sich den nächsten Teller, genau so voll.

Das ist keine Verschwendung mehr sondern ein Verbrechen. Wenn man weiß wie schlecht es vielen Menschen auf dieser Welt geht, kann man diese Art der Nahrungsaufnahme nicht gut heißen.

Abgesehen vom Essen, mit den Getränken wurde genauso verschwenderisch umgegangen. Nicht genug, dass man trinken konnte soviel man wollte, nein es wurde richtig damit gepanscht. Ob etwas daneben lief, der Tisch aussah wie ein Schweinestall, das war den Gästen hier total egal.

Zwischendurch schaute die Bedienung immer wieder bei uns vorbei und fragte, ob wir noch mehr zu trinken wollen, dabei wurden unsere Gläser, nein es waren Hartplastikbecher, einfach mit dem entsprechenden Getränk nachgefüllt, ob wir wollten oder nicht. Das war hier wohl so üblich.

Einige Male hatten wir das Gefühl beobachtet zu werden, vielleicht weil wir mit Messer und Gabel aßen was für die Amis nicht üblich ist. Unser Steak war so zart und schmackhaft wie wir es bestimmt in Deutschland nicht bekommen würden. Es war wirklich köstlich. Für die Folienkartoffeln konnten wir uns vom Büfett verschiedene Soßen holen, es war schon erstaunlich was es da so alles gab.

In Deutschland hätten wir für diesen Service bestimmt extra bezahlen müssen. Wir aßen unsere Teller leer und machten es dann den Amis nach, nahmen einen sauberen Teller, den wir ja schon hatten und ab ging es nochmals zum Büfett. Die Auswahl war so riesig, wir konnten probieren was wir wollten, es schmeckte uns aber auch wirklich sehr gut.

Wir hätten uns ganz einfach überfressen können bei der unglaublichen Anzahl von Hähnchenbrust, Hähnchenschenkel, verschieden gebraten, Hackfleisch, Rindfleisch, mindestens fünf verschiedene Sorten Fisch, Tintenfischringe, Hummerbeine, herzhaft schmeckende Suppen, Maiskolben, Salate aller Art, mehrere Obstsorten, frisch oder aus der Dose, Kuchen, mindestens zehn verschiedene Sorten, Gebäck, Sahne, Joghurt, Eis, usw. usw. Wenn wir von allem nur einen kleinen Happen gegessen hätten, wären wir geplatzt.

Bei dem vielen Essen haben wir natürlich nicht unsere Umgebung vernachlässigt. Was wir sahen ließ uns Staunen. Viele Amis, die schon vor uns hier saßen, hatten immer noch ihre Teller so voll wie zu Anfang. Für sie gab es anscheinend kein Ende. In unseren Magen ging nun wirklich nichts mehr hinein und wir wollten gehen.

Wir legten den Tip, genau wie die anderen es auch taten, einfach auf den Tisch und begaben uns zum Ausgang. Kaum waren wir an der Eis-Theke, musste Britt sich noch schnell ein Softeis in ein Hörnchen packen, die Versuchung war einfach zu groß. Draußen angekommen, schauten wir uns an und lachten uns halb krank über die Eßgewohnheiten der Amerikaner.

Aus diesem ersten Aufeinandertreffen mit Amerikanern haben wir viel gelernt. Amerika ist eine andere Welt. Darüber unterhielten wir uns noch den ganzen Abend, als wir wieder am Motel waren und es uns im Liegestuhl am Pool bequem machten. Am zweiten Tag in USA wollten wir es ganz ruhig zu Ende gehen lassen und über das Erlebte nachdenken. Dazu kam es aber nicht. Im Pool wimmelte es von Kanadiern. Sie versuchten mit uns ins Gespräch zu kommen, mal auf französisch und mal auf englisch.

Französisch ging gar nicht und mit Englisch so einigermaßen. Nach mehreren Anläufen verstanden wir die Kanadier dann etwas und wussten wenigstens was sie von uns wissen wollten. Wir erfuhren von ihnen, dass sie jedes Mal im Winter bzw. Frühling nach Florida fliegen. Es wären ja nur ca. drei Stunden mit dem Flieger. In Kanada ist es in dieser Jahreszeit mit Eis und

Schnee viel zu kalt, hier in Florida würden sie die Wärme und das Klima richtig genießen.

Es war ein schöner Abend, warm und erlebnisreich. Wir genossen das alles und waren glücklich in USA zu sein. Mein Traum von Amerika hat sich verwirklicht und ich bin meiner Frau unendlich dankbar dafür. Ich sah sie an und bemerkte ein Glänzen in ihren Augen. Auch für sie hat sich ein Traum verwirklicht, wir wollten ja in diesen drei Wochen noch in die Südstaaten nach New-Orleans an den Mississippi.

So wie Britt mich aber heute ansah, war sie wirklich neugierig auf das was ich mit Christa aus Kanada besprochen hatte. Ich hatte Britt versprochen heute Abend darüber zu reden. Nur wusste ich nicht so recht womit und wie ich anfangen sollte.

Dann fasste ich all meinen Mut zusammen und erinnerte sie an unseren ersten gemeinsamen Urlaub in Österreich. Ich wollte von ihr wissen, ob sie in der Zwischenzeit schon etwas von ihrem Zwillingsbruder in Erfahrung hatte bringen können. So konnte ich, ohne eine lange Erklärung, zu meinem Problem übergehen. Vorsichtig und ganz harmlos brachte ich das Gespräch auf meine Sehnsucht nach Amerika. Dabei wollte ich von

Britt wissen, ob sie sich schon einmal wirklich Gedanken darüber gemacht hatte, wieso und warum ich so verrückt nach Amerika war. Sie schaute mich auf einmal ganz ungläubig und neugierig an und es sah so aus als verstünde sie die Welt nicht mehr.

Mit der Tür ins Haus fallen wollte ich nicht, deshalb erzählte ich ihr von meinen Gefühlen und was ich erlebt und gesehen hatte, als die ersten Amerikaner mit Panzern direkt nach Kriegsende durch meine Straße fuhren. Britts Augen wurden immer größer und plötzlich merkte ich, dass sich ihre Finger in meinen Arm krallten und sie innerlich zitterte.

Eine unheimliche Spannung hatte sie wohl erfasst, denn sie ließ mich nicht mehr los. Ich erzählte ihr von den Vorkommnissen in der Wohnung meiner Oma und von der Tante, die damals mit Sack und Pack nach Kanada ausgewandert war. Natürlich auch von meinen überwältigenden Gefühlen, wie es mir ergangen war als ich in Erfahrung gebracht hatte, dass ich, außer meinem kleinen Bruder, eben auch noch eine Zwillingsschwester habe.

Auf einmal war Britt nicht mehr sie selbst, sie weinte und schrie, lachte und trampelte auf den

Boden, ich wusste nicht wie ihr geschah und wollte sie beruhigen. Es dauerte aber eine ganze Weile. Als ich sie umarmte, merkte ich, dass ihr Herz rasend schnell schlug. Ich bekam Angst, wusste aber nicht was ich tun sollte.

Ich hielt meine Frau weiter fest im Arm und langsam beruhigte sie sich. Ihr Herzflattern ließ nach, ihr Atem wurde ruhiger. Es dauerte noch eine Weile, dann sah sie mich an und ich hörte sie fragen: „Du bist auch ein Zwilling?"

Was sollte ich ihr darauf antworten? Wir umarmten uns weiterhin, keiner wollte den anderen loslassen. So muss es wohl auch sein, wenn sich Zwillinge in den Armen liegen, dachte ich. Es war einfach schön. Eine große Vertrautheit war zwischen uns. Meine Frau ist meine große Liebe und ich habe mir geschworen sie für nichts auf der Welt herzugeben. Britt konnte es aber immer noch nicht begreifen, dass ausgerechnet wir beide zufällig Zwillinge sein sollen.

Britt, mit ihrem Zwillingsbruder in Österreich und ich mit der Zwillingsschwester in Kanada. Ihren Zwillingsbruder hat sie ja noch nie zu Gesicht bekommen, ich dagegen meine Zwillingsschwester schon. Sie allerdings kannte keine Einzelheiten von ihrem Zwillingsbruder. Das sollte sich

aber wenn möglich, schnellstens ändern hoffte
ich.

Jetzt hat Britt erfahren was ich mit Christa im
Motel in Miami besprochen hatte. Ich erzählte
ihr dann auch, dass ich Christa bat, weil sie doch
in Kanada wohnt, Nachforschungen nach Mary
zu unternehmen. So beeindruckt wie Christa davon war, hatte ich die Hoffnung, vielleicht sogar
noch während unseres USA-Aufenthaltes, etwas
von ihr zu erfahren.

Dieser Abend war für uns beide unvergesslich. Er
sollte gar nicht zu Ende gehen, so schön war die
Nacht am Pool. Wir lagen uns in den Armen und
ich glaube jeder träumte einfach so vor sich hin.
Es wurde immer später und später, die Sterne
am Himmel waren schon zu sehen. Langsam beschlossen wir schlafen zu gehen. Das würde für
uns bestimmt keine ruhige Nacht nach all den
Überraschungen.

Am nächsten Morgen wurden wir schon sehr
früh wach, denn die Sonne schien durch das
Fenster und weckte uns. Das war eine Überraschung auf diese Weise geweckt zu werden. Zum
Frühstück gingen wir wieder schräg gegenüber in
das Restaurant „Sizzler". Abends vorher hatten
wir auf dem Reklameschild gesehen, dass sie

auch Frühstück anboten. Das Frühstücks-Büffet kostete $ 4,50 pro Person. Da wir ja den ganzen Tag vor uns hatten, war dieses Büffet gerade das richtige für uns.

Wir aßen und tranken nach Herzenslust. Dabei wussten wir schon, dass wir nicht so zuschlagen konnten wie den Abend zuvor. Wenn das mit dem Essen in den Staaten so weiter geht und auf uns jedes Mal ein Büffet dieser Größenordnung wartet, dann Gnade uns Gott, das überleben wir nicht schadlos.

Wieder zurück im Motel machten wir uns reise-fähig, suchten und fanden auf der Karte den Weg nach Fort-Lauderdale. Es war wieder die A1A. Wir verabschiedeten uns nachdem wir bezahlt hatten, auch bei den Kanadiern.

Die Fahrt dauerte nicht lange, auf der A1A waren nur noch zwei Städte zu durchfahren und schon sahen wir den langen Sandstrand und die Pro-menade von Fort-Lauderdale. Wir fuhren gemüt-lich entlang der Beach, und suchten ein schönes und preisgünstiges Motel.

Es war eigentlich ganz einfach. Von weitem sah man die Reklametafeln an den Motels und konn-ten so schnell die Preise überprüfen und beim

Vorbeifahren die Sauberkeit wenigstens von außen prüfen.

Bei einigen Motels hielten wir an und erkundigten uns nach den Zimmern, die wir natürlich vorher sehen wollten. Damit hatten die Besitzer überhaupt kein Problem. Manche gingen mit und zeigten uns die Zimmer, andere wieder gaben uns den Schlüssel, nannten die Zimmernummer und meinten: „Sehen sie sich das Zimmer an, wenn es ihnen gefällt, erledigen wir das hier im Office.“

So einfach war es in Florida. Das würde so in Deutschland niemand von den Besitzern machen. Dazu sind Deutsche viel zu misstrauisch.

Nach langem Suchen fanden wir etwas versteckt von der Hauptstraße ein kleines, aber feines und sauberes Motel. Es hatte nur einige Zimmer, diese waren auf drei Etagen verteilt. Die Besitzerin erklärte uns sie sei Irin und das Motel hieß „Blarney Castle“.

Vor dem Motel einige Parkplätze, einen kleinen Pool und daneben mehrere schöne Sitzkombinationen mit Tischen und Bänken, direkt neben dem Pool. Hier ließ es sich einige Tage aushalten, dachten wir.

Der Preis war erschwinglich, er lag bei $ 40 für das Zimmer, nicht pro Person. In Fort-Lauderdale wollten wir einige Tage bleiben und uns diese Traum-Landschaft mit den vielen Kanälen ansehen.

Fort-Lauderdale hat einen wunderschönen Yachthafen. Hier ankerten die wohl größten, schönsten und auch teuersten Yachten die wir jemals gesehen haben. Im Überseehafen lagen einige der großen Kreuzfahrtschiffe und direkt dahinter Schiffe der amerikanischen Marine, Flugzeugträger, Schnellbote und sogar U-Boote.

Und diese Stadt hat einen besonderen Reiz, die langen Sandstrände mit den schier endlosen Ufer-Promenaden. Die vielen Kanäle mit den „Draw-Bridges". Die riesigen „Einkauf-Malls". Den größten „Flohmarkt" Floridas, direkt auf dem Gelände eines früheren Autokinos gelegen, die wirklich größte Shopping-Mall Floridas, „Sawgrass Mills", mit über 350 einzelnen Shops und Boutiquen und den besten „All-you-can-eat-Restaurants". Über alle diese Sehenswürdigkeiten haben wir uns schon vor unserer Reise informiert.

Alle diese Besonderheiten wollten wir uns natürlich ansehen. Nachdem wir fast den ganzen Tag herumgefahren waren, setzten wir uns gegen Abend in einen Liegestuhl direkt an den Pool, sahen über uns den sternenübersäten Himmel und hörten der leisen Musik zu, die die Motelwirtin auf die Lautsprecher gelegt hatte und entspannten uns dabei.

Diesen schönen Tag genossen wir ganz besonders. Unsere Vorstellung von Florida wurde an diesem Tag bei weitem übertroffen.

Meine Frau hat dieser Tag wohl sehr angestrengt denn sie schlief, direkt neben mir, auf der Liege ein. Ich dachte, lass sie liegen und träumen, es war bestimmt ein bisschen viel was sie bisher hier erlebt hat. Während sie da so nichtsahnend lag, schlich ich mich heimlich ins Office unseres Motels und bat die Besitzerin Marie, mir bei einem Telefongespräch nach Kanada zu helfen. Ich kannte doch die Regularien nicht.

Christa aus Kanada hatte mir bei unserem Treffen ihre Visitenkarte mit der Telefonnummer zugesteckt, davon habe ich Britt aber nichts gesagt. Marie versuchte eine Verbindung mit Christa herzustellen. Es dauerte nur einige Minuten und die Verbindung nach Kanada stand. Christa war ganz begeistert als sie meine Stimme hörte und war auch richtig aufgeregt als ich sie nach meiner Zwillingsschwester fragte, dass sie Mary gefunden und mit ihr gesprochen hatte.

Sie versicherte mir Mary nichts erzählt zu haben, gerade so viel, dass ich mit meiner Frau hier in Florida sei und gerne ein Wiedersehen mit ihr hätte. Von Mary erfuhr Christa auch dass sie sich sehr gut an mich erinnern kann vom letzten Besuch bei meinen Eltern. Das sei zwar schon viele Jahre her, aber jetzt da wir schon einmal in Amerika wären, sei es doch an der Zeit sich wiederzusehen.

Mary wollte immer mal wieder nach Deutschland fliegen, um ihre Verwandten in der Nachbarstadt zu besuchen, es sei ihr aber nicht möglich gewesen. Es gäbe zu viele Gründe warum sie es bisher nicht geschafft hatte. Aber darüber wollte sie mit uns sprechen, wenn sie uns sehen würde. Es sei leichter von Angesicht zu Angesicht. Überrascht hat mich besonders Christas Antwort, Mary habe sofort zugesagt und würde sich wieder bei ihr melden. Ich gab Christa dann die Adresse unseres Motels und war noch überraschter als vorher, dass Christa auch dieses Motel kannte.

Wir verabschiedeten uns und ich bedankte mich bei Marie für ihre Hilfe. Auf die Frage, was das Gespräch gekostet hat, winkte sie nur ab und meinte: „That`s ok." Gerade als ich dann das Office verlassen wollte, kam mir meine Frau entgegen und wollte wissen, was ich schon wieder ausgeheckt hätte?

Ich schüttelte den Kopf und sagte: „Nichts besonderes, lass dich doch einfach überraschen!" Marie hatte ich gebeten sich nichts anmerken zu lassen. Meine Frau schaute in Maries Gesicht, konnte aber in ihrem Gesicht nicht erkennen worüber wir vielleicht gesprochen hatten. Marie war die geborene Schauspielerin.

Was ich mit Christa besprochen und dass ich überhaupt mit Christa geredet habe, sollte sie nicht wissen. Ich wollte Britt doch damit überraschen. Selbst ich wusste ja nicht, was noch so passieren würde. Es war zwar alles eingestielt mit Christa, aber wie es dann letztendlich ausgeht, musste ich abwarten.

An diesem Abend gingen wir früh schlafen, wurden dadurch natürlich sehr früh wach. Ich schaute zum hinteren Fenster und traute meinen Augen nicht. Durchs Fenster schauten mich zwei kleine, listige Äugelein an. Ein kleines Äffchen das uns beobachtete und direkt vor der Fensterscheibe saß. Ich wollte schnell ans Fenster, doch genau in diesem Augenblick machte es einen kräftigen Satz und hing im dahinterstehenden Baum und schaute mich an.

Wir duschten, machten uns fertig und wollten in ein typisch amerikanisches Frühstücksrestaurant fahren. In einem Reiseführer hatten wir gelesen, in diesen kleinen, unscheinbaren Restaurants mit dem Hinweis „Breakfast" soll es besonders gut und schmackhaft sein. Dort, wo die Amis hinge-hen, die vor ihrem Job frühstücken oder auch nur eine Tasse Kaffee trinken, findet man kaum Tou-risten. Das wollten wir sehen.

Wir fragten Marie ob sie uns einen Tipp geben könne. Sie hatte keine Ahnung. Marie war ja auch irischer Abstammung und die Iren gehen bestimmt nicht zum Frühstücken in ein typisch amerikanisches Restaurant, vielleicht eher in einen irischen Pub, dachte ich.

Den heutigen Tag hatten wir ausgeguckt, um zum größten Flohmarkt Floridas zu fahren. Ein bisschen außerhalb der Stadt, wir fuhren nur ca. 45 min, es war ja nicht weit. In Deutschland wä-ren wir fast schon in Düsseldorf gewesen!

Der Eintritt war frei. Was wir aber hier sahen war umwerfend. Hunderte von Markt-Ständen mit allen möglichen Sachen, was einem nur so einfällt, ob man es brauchen kann oder nicht, hier konnte man alles kaufen. Es waren bestimmt acht bis zehn lange Reihen, überdacht und so früh am Morgen waren dort Hunderte von Menschen.

So etwas haben wir wirklich noch nie gesehen. In den Reisekatalogen waren farbenfrohe Bilder davon, doch das übertraf alles. In der Mitte aller Stände war ein gemauertes großes Haus, ein Zirkus.

Rundherum konnten die Menschen sitzen und zuschauen, dabei essen und trinken. Es roch an allen Ecken nach Hamburgern, Steaks, Pizzen usw. Die verschiedensten Fast-Food-Ketten waren vertreten und die Menschen standen in langen Reihen davor und holten sich ihr Frühstück oder Mittagessen um dann den Zirkusartisten zuzuschauen.

Den ganzen Tag wollten wir hier verbringen. Es gab T-shirts ohne Ende, Handtücher aller Größen mit Emblemen oder ohne, Jeans-Hosen und Jacken, Kleider, Schuhe, Uhren, Elektronik vom Feinsten, Parfüm und Badezeug, praktisch alles was das Herz begehrt. Wir wollten natürlich überall hin und jeden Stand sehen und das dauerte und dauerte.

Langsam aber sicher meldete sich der Hunger und wir gingen zu einem dieser Stände, holten uns aber chinesisches Essen. Das war für uns irgendwie bekömmlicher. Gegen Abend, es war schon fast dunkel, nachdem wir alles gesehen hatten machten wir uns wieder auf den Heimweg zum Motel.

Am Pool konnten wir dann unsere müden Knochen recken und strecken und im warmen Wasser waren wir schnell erholt, denn das Wasser hatte 32° C. Das war auf einem Thermometer zu sehen. Als wir dann gemütlich am Pool unseren Tag Revue passieren ließen, hatte meine Frau mal eine Überraschung für mich.

Kurz vor unserem Abflug nach Amerika hatte sie einen Brief aus Österreich bekommen, mir aber nichts davon gesagt. Sie musste den Inhalt selbst erst verarbeiten. Wir hatten unseren Amerika-Trip lange geplant und sie wollte ihn auf gar keinen Fall gefährden, deshalb hielt sie diese Neuigkeit vor mir bisher zurück.

Robert Spamberg aus Innsbruck hatte meine Frau und ihre Eltern nach Gräfenroda in Thüringen eingeladen. Diesen Brief hatte sie mitgenommen und zeigte ihn mir jetzt. Daraus ging hervor, dass er mit Britts Eltern und ihr einiges zu klären hätte und er wäre froh, wenn wir alle gemeinsam dazu in die DDR nach Gräfenroda kämen, denn dort hat alles begonnen.

Aber ihren Eltern hatte sie noch nichts davon erzählt. Britt konnte sich nicht vorstellen mit den Eltern darüber zu reden. Sie glaubte wenn ihre Mutter den genauen Sachverhalt erfuhr, würde sie zusammenbrechen. Deshalb wollte sie vorerst nur mit mir darüber reden und wir wollten gemeinsam entscheiden, wie wir vorgehen wollen.

Das war natürlich ein Hammer!! Ich war bisher ja der Einzige, der von der ganzen Zwillingsgeschichte wusste. Und jetzt, da sie auch von meiner Geschichte wusste, mussten wir umso mehr zusammenhalten. Wir hatten sowieso keine Geheimnisse voreinander, das war ja gerade das Tolle und Schöne in unserem Leben. Bisher haben wir alles gemeinsam gemacht und geteilt, wenn auch manch kleines Geheimnis erst etwas später ans Licht kam.

Wir überlegten hin und her, kreuz und quer, sollten wir nicht vorher noch Kontakt mit Robert Spamberg aufnehmen? Wieso wusste er überhaupt von Britt und mir? Hatte die Nachbarfamilie in Innsbruck doch Kontakt zu ihm gehabt und ihm alles erzählt?

Es wurde ein sehr langer Abend, wir haben einige Gläser Bier bzw. Sekt getrunken. Wir diskutierten, dachten nach, machten neue Pläne, die wir aber später wieder verwarfen. Es war nun wirklich nicht einfach zwei ganz unterschiedliche Zwillingsgeschichten unter einen Hut zu kriegen.

In welche Richtung wir auch dachten und wie wir damit umgehen sollten, es war eine kleine Katastrophe. Irgendwann sind wir dann ins Bett gefallen und früh morgens durch heftiges Klopfen aus dem Schlaf gerissen worden.

Halb angezogen und noch schlaftrunken ging ich zur Tür, habe gar nicht gefragt wer dort ist, sondern ohne nachzudenken und noch etwas benommen die Tür geöffnet und sie sofort wieder geschlossen. Der Schock traf mich total unvorbereitet und saß tief. Ich rief: „Britt, Britt, hallo Liebling wach sofort auf, da draußen steht jemand, du wirst es nicht glauben!" Sofort sprang meine Frau aus dem Bett, zog sich an, rannte zur Tür und öffnete sie. Vor ihr stand Christa aus Kanada.

„Tadaaa, guten Morgen ihr Schlafmützen", hörten wir sie breit grinsend sagen, „ich wollte euch besuchen und ich habe noch jemanden mitgebracht".

Dann schauten uns zwei hellblaue, lustige Augen an und ich dachte mich trifft bei diesem Anblick der Schlag. Ich sah meine eigenen Augen. Erst beim genauen Hinsehen sah ich auch das Gesicht drum rum und erkannte in diesem Augenblick meine Zwillingsschwester Mary.

Was dann geschah, weiß ich nicht mehr so genau. Britt hat mir das hinterher alles erzählt, denn ich ging erst einmal einige Schritte zurück um dann mit einem Jubelschrei auf Mary zuzugehen, sie zu umarmen und sie mindestens mehrere Minuten nicht mehr loszulassen. Dabei stammelte ich immer wieder: „Meine Mary, meine Mary!" Mary allerdings wusste gar nicht wie ihr geschah. Sie machte aber auch überhaupt keine Anstalten sich aus meiner Umarmung zu befreien, im Gegenteil sie drückte mich auch so fest, als wollte sie sagen, ich habe dich genauso vermisst.

Nachdem wir uns dann endlich aus den Armen ließen, luden wir beide, Mary und Christa in unser Zimmer ein. Es war groß genug und sie setzten sich an den Tisch in unserer Essecke.

Wir entschuldigten uns für einen Augenblick, zogen uns ins Bad zurück um uns frisch zu machen und uns ordentlich anzuziehen.

Ich konnte meine Augen nicht von Mary lassen. Genau schaute ich sie mir an und stellte fest, dass sie noch hübscher geworden war seit ich sie zuletzt in Recklinghausen bei meinen Eltern gesehen habe. Das mussten so ca. 20 Jahre her sein. Jetzt sah ich sie mit den Augen des Bruders.

Mit einem Blick auf Christa sah ich, dass sie Mary wirklich noch nichts erzählt hatte. Doch ich sah Marys fragende Augen und hörte schon: „What`s going on here?"

Jetzt konnte und wollte ich auch nicht mehr an mich halten. Die Geheimnistuerei war ich leid und erzählte Mary unsere Geschichte, wobei Christa die Übersetzerin machte, Mary verstand mich ja nicht. Marys Gesichtsfarbe wechselte, sie wurde blass, wieder rot und wieder blass.

Tränen kullerten über ihr hübsches Gesicht und sie stammelte in einem Englisch das keiner von uns verstand. Es muss wohl die Sprache sein, die die Kanadier in Vancouver sprechen. Wir schauten uns beide tief in die Augen und ich sah dann in ihren Augen Entsetzen, Staunen und tausend Fragen.

Als sie sich einigermaßen beruhigt hatte, fand Mary auch ihre Fassung und ihre Sprache wieder, so dass Christa es uns wieder übersetzen konnte. Sie erzählte uns dann, dass sie kein Wort Deutsch mehr sprechen konnte, obwohl sie in den ersten Jahren als sie in Kanada waren viel Deutsch hörte, denn ihre Eltern sprachen nur Deutsch zu Hause.

Dann kam sie in den Kindergarten und dort wurde natürlich nur Englisch gesprochen. So verlernte sie mit der Zeit das Deutsche. In diesem Augenblick dachte ich nur, was hatten wir Glück, dass wir Christa in Miami getroffen haben, sonst wäre diese Begegnung mit Mary nie Wirklichkeit geworden.

Und welch ein Glück, dass Christa so gut Englisch sprach und viel wichtiger, auch den kanadischen Dialekt aus der Region Vancouver verstand. Bei den wenigen Worten die wir sprachen, wäre keine Unterhaltung und schon gar keine genaue Erklärung möglich gewesen.

Auf die Frage, wie lange Mary in Florida bleiben könne, sagte sie, sie müsse leider noch am selben Abend zurück nach Vancouver fliegen. Da sie in einer Werbeagentur in Kanada arbeite und keinen Urlaub mehr habe, hätte sie nur einen Tag frei bekommen um dringende Familienangelegenheiten regeln zu können.

Christa hatte sie ausfindig gemacht und ihr erzählt, dass hier in Florida eine große Überraschung auf sie warten würde. Das sei für ihr ganzes Leben wichtig und es sei eine Sensation. Nur
daraufhin hatte sie es möglich machen können
einen Tag zu opfern. Und neugierig genug war sie
um diese Überraschung oder auch Sensation
nicht zu verpassen.

Wir gingen dann nach draußen und setzten unser
Gespräch am Pool in der Sonne fort. Mary erzählte uns dann aus ihrem Leben und von ihren
Plänen für die Zukunft. Dabei erfuhren wir auch,
dass sie verheiratet ist, 2 Kinder hat, 2 Mädchen.
Das wirklich kuriose dabei war, das erste Mädchen wurde im Jahre 1965, genau ein Jahr nach
ihrer Hochzeit mit John geboren und das Zweite
im Jahr 1969. Genau wie bei uns. Unser ältester
Sohn Mark kam 1965 zur Welt und Sven 1969. So
einen Zufall kann es doch gar nicht geben.

Wir erfuhren auch, dass sie einen Bruder hat, der
jünger ist und auch in ihrer Nähe wohne. Ihr Vater war früh verstorben und ihre Mutter lebt
jetzt allein auf Vancouver-Island.

Die Erzählungen nahmen kein Ende, ab und zu
sah Mary jedoch auf ihre Uhr und erklärte uns
dann, sie müsse jetzt leider wieder zum Flugha-

fen, denn die Maschine nach Vancouver fliegt bald los. Wir tauschten noch unsere Adressen und Telefonnummern und versprachen uns ganz fest in die Hand, dass wir uns so schnell wie möglich wiedersehen wollen und nicht erst in 20 Jahren wie beim letzten Mal.

Beim Verabschieden wollte ich sie gar nicht mehr los lassen, nur das Drängeln von Christa machte dem ein Ende. Bis zum Flughafen von Fort-Lauderdale war es gar nicht so weit, ca. eine halbe Stunde Fahrt. Christa flog auch wieder zurück, sie musste allerdings nach Toronto. So blieb uns nur noch die schöne Erinnerung an diesen unglaublichen Tag der für mich war als sei ich neu geboren.

Das war unser Gesprächsthema den übrigen Tag, bis spät in die Nacht. Wir konnten noch nicht schlafen gehen, denn die Aufregung hatte uns mitgenommen, kein Wunder. Wir nahmen uns in die Arme und hofften, dass die innere Unruhe bald endete. Irgendwann sehr spät sind wir dann doch eingeschlafen.

Ein paar Tage blieben wir noch im Blarney -Castle bei Marie, fuhren dann aber weiter auf der A1A nach Norden in Richtung Cap Canaveral, dem Weltraumbahnhof Floridas und weiter nach Orlando. Wir hatten ja immerhin noch ca. zwei Wochen vor uns und diese Zeit wollten wir nutzen um die Route abzufahren. Es war noch eine Mammutaufgabe, die vor uns lag.

In Orlando fanden wir ein preiswertes Motel, wir gingen hier natürlich in den Vergnügungspark Disney World, fuhren an den Atlantik nach Cap Canaveral zum Kennedy-Space-Center, wo das erste Space-Shuttle demnächst starten sollte. Von dort ging es dann weiter nach Fort-Augustine, der wohl ältesten Stadt Floridas. Auf der A1A fuhren wir weiter Richtung Jacksonville.

Dann ging es über die Interstate 10 nach Westen über Tallahassee, der Hauptstadt Floridas, über Pensacola und Mobile, durch die Staaten Georgia, Alabama, Mississippi nach New Orleans im Staat Louisiana.

Einige Meilen vor New Orleans übernachteten wir in einem Motel, um von dort aus immer in die Stadt zu fahren. Das war einigermaßen günstig, die Motels direkt in New Orleans konnten wir uns nicht leisten. Es wäre zwar einfacher und schöner gewesen mitten in New Orleans zu übernachten. Die Stadt wollte Britt gerne einmal sehen, das gehörte zur Bedingung bei der Buchung.

Schon auf dem Weg nach New Orleans kamen wir an einigen Herrenhäusern der Südstaaten, wie wir sie in amerikanischen Filmen gesehen hatten vorbei. Einen anderen Teil der Gegend sahen wir uns von einem echten Raddampfer aus an. Mit ihm schipperten wir flussab- und flussaufwärts durch das Mississippi-Delta. Es war eine herrliche Fahrt.

Direkt mitten in New Orleans der Heimat des „Blues" war natürlich der größte Trubel. In den Eckkneipen und in vielen Bars ein buntes Treiben und in fast jedem Lokal eine Band, die bekannte Songs der Schwarzen auf der Trompete, dem Klavier, dem Saxophon oder der Klarinette spielten.

Nachdem ich mir New Orleans angesehen habe, muss ich meiner Frau Recht geben, sie war wirklich etwas ganz Besonderes, vor allem das „French-Quarter"

Mit etwas Wehmut verabschiedeten wir uns dann und machten uns auf den Rückweg in Richtung Florida. Unsere Fahrt ging weiter entlang der Golfküste bis nach Tampa und St. Petersburg. In Tampa fanden wir wieder ein schönes Motel und blieben drei Tage hier. Von Tampa nach St. Petersburg waren es nur einige Meilen, gut für uns, denn in St. Petersburg wollte ich an einem Schwimmwettkampf teilnehmen.

In Deutschland hatte ich in einer Schwimmerzeitung gelesen, dass genau in dieser Zeit die Schwimmmeisterschaften der Senioren von Florida stattfanden. Daran wollte ich teilnehmen und einmal sehen wie meine Chancen so sind, deswegen habe ich mich dort angemeldet. Eine deutsche Seniorengruppe aus Köln war auch für die Meisterschaften gemeldet und ich wollte sie in St. Petersburg treffen. Wir lernten auf diesem Wettkampf zwei amerikanische Ehepaare kennen die schon jahrelang daran teilnahmen.

Sie luden uns spontan ein sie in ihrer Stadt zu besuchen. Ein Paar kam aus Fort Myers und das andere Paar aus Lehigh Acres. Beide hatten ein sehr schönes Haus und wir verbrachten jeweils eine Nacht bei ihnen.

Dann ging es wieder zurück nach Fort Lauderdale, unser Rückflug nach Deutschland stand bevor. Die letzten Tage blieben wir bei Marie im Blarney-Castle bis zum Abflug von Miami.

Von meiner Zwillingsschwester hörten wir in der Zwischenzeit nichts mehr, sie hatte auch keine Nachricht bei Marie gelassen, deshalb nahm ich an, wenn wir wieder in Deutschland sind, liegt bestimmt eine Nachricht in der Post. Wir hatten unsere Post lagern lassen, mussten das allerdings auch noch bezahlen, was ich gar nicht gut fand. Aber so hatten wir die Gewissheit, dass unser Briefkasten nicht überquoll.

Unseren Rückflug mit der Condor haben wir gut überstanden, doch da kam ein anderes Problem auf uns zu, der Jetlag. Beim Hinflug haben wir damit keine Probleme gehabt, jetzt in Deutschland allerdings waren wir zu den unmöglichsten Zeiten müde und sind am ersten Abend stehend k.o. gegangen. Einige Tage hat das schon gedauert.

Tatsächlich lag der langersehnte Brief in der gelagerten Post. Absender: Mary und John aus Vancouver, Kanada. Gleich nach der Rückkehr aus Florida hatte Mary sich mit ihrer Mutter in Verbindung gesetzt. Mary fuhr zu dieser Aussprache extra auf die vorgelagerte Insel, nach Vancouver Island.

Sie hatte dort ihre Mutter gezielt fragen können, von mir hat sie die ganze Geschichte schon gehört. Ihre Mutter bestätigte dann auch, dass sie und ihr Vater vor mehr als dreißig Jahren mit ihr nach Kanada ausgewandert waren und warum meine Eltern sie dieser Tante (ihrer Mutter) mitgaben und sie so vor den Nazis und dem Hitler-System gerettet wurde.

Ihrem Brief lag auch ein altes Foto bei. Darauf war ich als kleiner Junge mit dem Kopf voller Locken und einer Lederhose. Mary wollte von mir wissen, ob ich das auf dem Foto auch wirklich bin. Wenn ich ihr das bestätigte könne sie die ganze Geschichte wirklich glauben. Sie schrieb weiter, diese Geschichte sei so unglaublich, darum brauche sie diese Bestätigung von mir. Ihren Vater könne sie nicht mehr fragen, denn er ist früh verstorben und allein auf die Aussage ihrer Mutter zu bauen, da ist es besser noch meine Bestätigung zu haben.

Alles was ich ihr in Fort-Lauderdale erzählte glaubte sie mir ja auch nachdem sie mich gesehen hat, doch sie meinte: „sicher ist sicher". Ihre Gefühle sagten ihr, dass alles stimmt, sie sei eben überaus vorsichtig.

Ich war überglücklich von ihr überhaupt etwas gehört zu haben, es hätte ja auch anders ausgehen können. Deshalb suchte ich ein Bild von mir heraus, das ihrem Bild ähnlich sah, allerdings stand ich zwischen meinen Eltern. Das war genauso beabsichtigt. Ich legte ihr nahe, dieses

Foto mit meinen Eltern ihrer Mutter zu zeigen, denn dann bekäme sie Gewissheit.

Als ich den Brief abschickte, hatte ich mich endlich dazu durchgerungen auch mit meiner Mutter über diese Geschichte zu sprechen. Ich wollte Gewissheit über meine Zwillingsschwester haben. Mit meinem Vater konnte ich nicht mehr reden, denn er war vor einigen Jahren an einem Herzinfarkt verstorben. Gerne hätte ich von ihm gehört wie es aus seiner Sicht zu diesem unglaublichen Entschluss kam.

In all den zurückliegenden Jahren hatte ich aber auch nicht den richtigen Mut meine Mutter allein dafür zur Rechenschaft zu ziehen, denn für mich war das, was sie damals getan hatten, ein Verbrechen an mir und meiner Zwillingsschwester.

Irgendwann hat meine Mutter nochmals geheiratet, einen entfernten Verwandten, zu dem ich aber nie ein Gefühl aufbauen konnte. Vielleicht war das auch der Grund warum ich meine Mutter nicht darauf ansprach.

Jetzt aber war ich soweit, ich hatte meine Zwillingsschwester gefunden und gesehen. Nun musste sie mir alles erzählen, warum, wieso, weshalb? Mit dem Foto aus Kanada und dem

Brief von Mary ging ich zu meiner Mutter. Ihrem Gesicht sah ich an dass sie sich freute mich zu sehen, aber vielleicht sieht das ja gleich ganz anders aus, dachte ich so.

Ich war wirklich überrascht, denn sie nahm das alles nicht so ernst. Sie versuchte mir zu erklären, wenn ich die damalige Zeit erlebt hätte, würde ich in solch einer Situation bestimmt genauso gehandelt haben.

Einerseits mochte sie Recht haben, denn als Kind wusste ich nichts über die damalige Zeit, andererseits fand ich das sehr schlimm Zwillinge so auseinander zu reißen. Sie konnte sich nicht vorstellen, wie es in mir aussah. Wenn meine Mutter oder mein Vater selbst ein Zwilling gewesen wären denke ich, sie hätten, selbst unter den verheerenden Kriegsbedingungen, einen anderen Weg gefunden. Es war schlimm, jedoch als kleiner Bub wusste ich nicht, was mir fehlte. Die Gefühle die ich hatte, konnte ich nicht einordnen.

Sie bestätigte mir dann auch, dass nach dem Tod meines Vaters keine Briefe und kein Geld mehr aus Kanada kamen. Es schien so als hätte sie sich damit abgefunden, sie glaubte wohl nicht mehr daran, ihre Tochter jemals wiederzusehen. Ich verstand es einfach nicht dass eine Mutter ihr Kind so mir nichts dir nichts aus ihrem Gedächtnis streichen konnte. Meine Mutter wunderte sich nur, dass ich nicht schon viel früher mit meinen Vermutungen zu ihr gekommen war, dann hätten wir gemeinsam Nachforschungen anstellen können.

Als ich ihr dann auch noch vorwarf, sie und mein Vater hätten meinen Bruder und mich unser halbes Leben lang belogen, antwortete sie mir nur: „Du kannst da schon gar nicht mitreden. Was weißt du schon von der damaligen Zeit? Es war eine schreckliche Zeit und wir wollten dich nur beschützen, denn du warst noch zu klein um es zu verstehen!“

Dann zeigte ich ihr ein Foto von ihrer Tochter, das ich in Florida aufgenommen hatte. Sie sah jetzt eine Frau von 38 Jahren vor sich und ich beobachtete sie genau. Ihre Augen bekamen einen seltsamen Glanz und ich sah in sehr traurige Augen.

Tränen liefen ihr über die Wangen, plötzlich schlug sie die Hände vor ihr Gesicht und stammelte dann: „Lieber Gott, warum habe ich das zugelassen?“ Ja das frage ich mich auch, dachte ich, sagte es aber nicht.

Mein ganzes Leben lang hatte ich eigentlich immer Probleme mit meiner Mutter. Sie war so gläubig und ging zu jeder Gelegenheit in die Kirche. Genauso gläubig war auch meine Oma. Bei dem kleinsten Gewitter kramte sie in einer Schublade des Küchenschrankes nach ihrem Rosenkranz, den sie während des gesamten Gewitters durch ihre Finger gleiten ließ und dabei laut betete. Meistens zog sie sich in eine Ecke des Zimmers zurück, ich musste das Licht löschen, angeblich weil bei Licht der Blitz sie sehen könnte um einzuschlagen. Jedes Mal musste ich lachen wenn sie den Rosenkranz betete. Dass ich es nicht verstehen wollte machte sie ganz wütend und sie schimpfte dann immer mit mir. Sie versuchte mir zu erklären warum sie das tat. Ich war weder abergläubig noch gläubig.

Mit dieser Frömmigkeit meiner Oma und Mutter hatte ich schwer zu schaffen. Das war eine Sache, die ich nie verstehen würde. So wie ich das sah, war doch das, was sie damals gemacht hatten, eine Todsünde in ihren Augen. Und das musste sie doch auch in der Kirche ihrem so hochgeschätzten Pfarrer Tensundern gebeichtet haben.

War sie vielleicht deshalb bei jeder sich bietenden Gelegenheit in die Kirche gelaufen, weil sie ein schlechtes Gewissen hatte und ihren Schmerz nur durch Beten ertragen konnte? Ich verstand die Welt nicht mehr. Meinen Bruder und mich hätten unsere Eltern doch informieren können, dass ich noch eine Zwillingsschwester habe. Es ist auch seine Schwester.

Irgendwie hatte sie sich verändert. Meine Vorwürfe hatten sie doch schwerer getroffen als ich dachte. Es sah wirklich so aus, als wolle sie ihre Tochter doch noch einmal sehen. Nur das würde schwer sein, denn ihre Tochter lebte jetzt in Kanada und dorthin fliegen konnte sie sicherlich nicht. Geld dafür besaß sie auch nicht. Oder hatte vielleicht ihr neuer Mann das entsprechende Geld? Wie sollte sie ihm das wohl beibringen? Hätte er überhaupt Verständnis für solch eine Tat aufgebracht?

Mit gefiel dieser Neue sowieso nicht und ich kam auch nicht mit ihm klar. Ich verstand nicht wie meine Mutter, eine Erzkatholikin einen Mann heiraten konnte, der evangelisch war. Das allein war doch eine „Sünde" für eine Katholikin!!

Ganz alleine mit dieser Geschichte wollte ich meine Mutter nun auch nicht lassen, ich versprach ihr aber, wenn ich wieder einmal etwas von Mary hören sollte, würde ich es ihr sofort mitteilen. Als ich ging wusste ich, dass ich eine nachdenkliche Frau zurück ließ.

Wieder später erreichte meine Frau ein Anruf ihrer Eltern. Wir sollten doch sofort wenn möglich, bei ihnen vorbeischauen, sie wollten verreisen und wir gehörten in diesem besonderen Fall unbedingt dazu.

Beide waren wir von dieser Einladung überrascht, schauten uns an und wurden neugierig. Wollten sie uns vielleicht auf einen Urlaub nach Jugoslawien mitnehmen? Sie waren nicht mehr die Jüngsten und sollten wir jetzt ihre Aufpasser werden?

Neugierig gemacht hatten sie uns jetzt schon und so beschlossen wir ihrer Bitte zu folgen, sie sofort zu besuchen. Wir fackelten nicht lange, setzten uns ins Auto und fuhren hin. Mit meinen Schwiegereltern verstand ich mich bestens und in ihren Gesichtern sah ich große Freude. Natürlich dachte ich im ersten Augenblick sie freuten sich ihre Tochter wieder zu sehen. Das war zwar richtig so, doch der Grund war: wir sollten alle zusammen nach Gräfenroda in Thüringen kommen. Sein ehemaliger Kriegskamerad aus Österreich Robert Spamberg hatte uns alle dort hin eingeladen.

Großes Problem denn: Gräfenroda lag in der DDR und ohne einen triftigen Grund konnten wir Westdeutschen nicht in die DDR einreisen. Wir benötigten dafür die Einladung eines Verwandten.

Meine Schwiegereltern wussten aber genau wie sie zu einem Einreisevisum der DDR kommen konnten. Sie sind nach dem Krieg mehrmals in die damalige DDR gefahren, allerdings mit dem Zug. In dem Ort, den sie aufsuchten, hatte mein Schwiegervater während des Krieges bei einer Familie gewohnt.

Diese Familie gab sich als Verwandtschaft aus und durch sie kam auch immer die Einreisebescheinigung. Es war wohl nirgends hinterlegt dass es keine Verwandtschaft war, sonst wären diese Besuche nie zustande gekommen. Für die Einreise hatten sie schon gesorgt. Erst als sie alles unter Dach und Fach hatten kamen sie mit der Einladung heraus.

Sofort spukte wieder Innsbruck in meinem Kopf. Robert Spamberg war doch der Mann, dem mein Schwiegervater damals ein kleines Bündel übergeben hatte. Wir hatten seit unserem Besuch in Innsbruck nie wieder darüber gesprochen und es ein wenig aus unseren Gedanken verdrängt.

Was war plötzlich geschehen? Meine Schwiegermutter wusste doch von nichts. Sie glaubte immer noch, dass Innsbruck nur mit der Frau zu tun hatte, mit der ihr Mann im Krieg einen Sohn gezeugt hatte. Und wir erfuhren, dass Robert Spamberg Britts Mutter nicht fremd war.

Meine Schwiegermutter hat ihren Mann während des Krieges in Gräfenroda besucht und dort auch seinen Kameraden Robert Spamberg getroffen. Dieser Robert war nämlich auch bei derselben Familie in Gräfenroda untergebracht. Die Freundschaft, die sich daraus entwickelte hat die Jahre überdauert. Britts Eltern wurden dann Taufpaten über die Töchter. Über eines ihrer Enkelkinder wurde Britt dann später auch Patin. So war es für ihre Eltern nichts besonderes, wenn sie eine Einladung nach Gräfenroda bekamen. In den vergangenen Jahren trafen sie dort manchmal Robert Spamberg. Er machte nämlich zufällig auch dort Urlaub.

Thüringen gefiel ihm so gut dass er immer wieder dorthin kam. In diesem Fall wollte er unbedingt ein erstes Treffen nur mit meinen Schwiegereltern.

Meine Frau und mich wollte er aber nicht sofort dabei haben, mit uns wollte er sich separat unterhalten. Wir machten uns Gedanken was er mit uns besprechen wollte, denn wir hatten uns noch nie gesehen. Von unserem damaligen Besuch in Innsbruck und dem Treffen mit seinen Nachbarn konnte Robert nichts wissen.

Deshalb konnten wir es gar nicht begreifen, warum wir dabei sein sollten. Schon dass er sich mit meinen Schwiegereltern allein verabredet hatte, machte uns stutzig. Er wollte doch wohl nicht Britts Mutter die wahren Hintergründe seines Besuches mitteilen?

Während des „Zweiten Welt-Krieges" hatte Britts Mutter ihren Mann einige Male auch in Halle an der Saale besucht. In Halle war ihr Vater zeitweise stationiert und dort wurde meine Frau am 11. Juni 1942 auch geboren. Und zwar in einem Militärkrankenhaus.

Zu dieser Zeit gab es eine Verordnung der „Deutschen Wehrmacht", die es dem damaligen Kommandanten und Chefarzt Dr. Mengele dieses Militärkrankenhauses in Halle an der Saale erlaubte, bei Zwillingsgeburten einen Zwilling, allerdings nur ein Mädchen, der Frau wegzunehmen, zu Studienzwecken. Was dann damit geschah, und wo er den Zwilling hinbrachte, war ein Staatsgeheimnis.

Von dieser Verordnung hatten die Soldaten irgendwie gehört. Ihre Alarmglocken schrillten. Damals konnte aber niemand Britts Mutter sagen, dass sie wahrscheinlich Zwillinge gebären würde. Doppelte Herztöne waren nicht zu hören. Bei ihrem Mann und bei Robert kamen Zweifel auf, denn der Bauchumfang von Britts Mutter war entsprechend groß, so dass sie kein Risiko eingehen wollten.

Robert war in Innsbruck verheiratet, hatte aber in Halle mit einer Krankenschwester aus dem Militärkrankenhaus ein Verhältnis. Robert hatte mit seiner Frau keine Kinder, sie war wohl unfruchtbar. Kinder zu haben war immer sein Herzenswunsch.

An einem geselligen Abend in der Kantine schmiedeten die beiden Männer dann einen Plan. Sollte Britts Mutter wirklich Zwillinge bekommen, würde die Krankenschwester, mit der Robert ein Verhältnis hat, ihr eine Spritze geben. Es sei doch besser die starken Schmerzen zu lindern, durch die Spritze.

Als dann die Geburt einsetzte, bekam Britts Mutter eine Beruhigungsspritze worauf sie ziemlich benebelt und für einige Zeit im Traumland war. Erst kurz nachdem dann der zweite Zwilling auf der Welt war, wurde sie wieder wach, als die Schwester ihr den Säugling in den Arm legte.

„Sie haben eine kleine Tochter, ein gesundes und wunderschönes Mädchen", wurde ihr gesagt. Von einem Zwilling, keine Spur. Ein Junge war nämlich zuerst auf die Welt gekommen und genauso wie geplant, hatte die Schwester den kleinen Jungen genommen und in ein entferntes Bett gelegt.

Britt kam erst einige Minuten später auf die Welt, dadurch fiel es niemandem auf. Um den kleinen Jungen kümmerte sich die Krankenschwester anschließend ganz besonders. Diese geplante Aktion musste geheim bleiben und niemand erfuhr davon.

Britts Mutter blieb noch einige Tage hier im Militärkrankenhaus, konnte dann aber mit ihrer Tochter wieder nach Recklinghausen fahren. In der Zwischenzeit wurden die Soldaten von Halle nach Österreich verlegt.

Wie die Krankenschwester später den kleinen Jungen nach Österreich, genauer nach Innsbruck bringen konnte, hofften wir vielleicht jetzt bei unserem Treffen mit Robert Spamberg zu erfahren. Es musste etwas vorgefallen sein, denn warum wollte er uns jetzt nach all den Jahren sprechen?

Britts Vater, Robert und die Krankenschwester müssen doch noch weitere Helfer gehabt haben. Ohne die Eingeweihten, ohne dass es auffiel können sie es nicht geschafft haben. Auch Roberts Frau muss eingeweiht gewesen sein, denn wer nimmt einfach einen fremden Säugling an und gibt es als sein Kind aus?

Wir trafen Robert Spamberg einige Tage später in dem Gasthaus und wollten wissen, warum er uns eingeladen hat. Er wollte erst nicht so recht mit der Sprache heraus, schaute aber sehr intensiv meine Frau an, dass es direkt auffällig war.

Dann erzählte er uns, dass er von unserem Besuch in Innsbruck erfahren hatte. Bei einer Feier mit seinem Nachbarn und reichlich Alkohol hatte die Nachbarin sich verplappert. Es war ihm sichtlich peinlich, das merkten wir. Aber er wollte oder musste endlich mit der Wahrheit heraus. Nur wie er uns das mitteilen solle, darüber war er sich nicht ganz klar. Dann erzählte er uns die ganze Geschichte aus seiner Sicht.

Seine Frau liebte er von ganzem Herzen. Aber erst nach der Hochzeit hatte sie ihm gebeichtet, dass sie keine Kinder haben würden, weil sie unfruchtbar sei. Der Wunsch nach einem Stammhalter war aber immer da. Mit der Zeit waren er und Britts Vater in der gleichen Einheit bei der Wehrmacht auch Freunde geworden.

Als sie dann in Halle stationiert waren und von dieser Verordnung gehört hatten, dass bei Zwillingsgeburten immer der zuständige Wehrmachtsarzt den weiblichen Zwilling zur Zwillingsforschung in ein dafür extra eingerichtetes Auffanglager bringen solle, wollten sie versuchen diese Verordnung zu umgehen. Mit seiner Frau war er sich schnell einig, denn so konnten sie ohne Probleme zu einem Kind kommen. In der Kriegszeit war ja so einiges möglich. Dann meinte er noch, das Verhältnis mit der Geliebten in dem Krankenhaus war nur Mittel zum Zweck. Seine Frau war darüber informiert.

Die Krankenschwester hatte auch einige Tage nach der Geburt des Zwillingsjungen diesen mit ihrer Schwester zusammen nach Österreich gebracht. Da die Truppe schon in Österreich war, konnte er das Baby dort in Empfang nehmen.

SO. WAR. DAS. ALSO. Aber was wollte er denn nun wirklich von Britt. Er erzählte uns von seiner Nachbarin. Sie sei schon immer eine derjenigen

Frauen die ihren Schnabel nicht halten konnten und immer alles ausplauderten. Darum sitzt er hier und hat die Zwillingsschwester seines Jungen vor sich. Er wollte sich bei meiner Frau entschuldigen dafür, dass er keinen Kontakt aufgenommen habe.

Aber jetzt sei sein Sohn sehr krank geworden, er brauche dringend eine neue Niere. Jede Woche muss er drei Mal zur Dialyse. Die Ärzte haben nicht mehr viel Hoffnung, dass das noch lange gut geht, eine neue Niere wäre in diesem Fall wichtig. Aha, dachte meine Frau, das ist also der Grund warum er mich sprechen will.

Ausgerechnet jetzt traut er sich an mich heranzutreten. Auf ihre Frage wieso jetzt, versuchte er ihr zu erklären, damals hatte er mit Britts Vater die Vereinbarung getroffen nie mit Britt in Verbindung zu treten, denn dann würde seine Frau die Wahrheit erfahren.

Das dürfe nie geschehen, hätte ihr Vater zu Robert gesagt. Seine Frau würde ihm das nie verzeihen. Es war schon schwer genug die langen Jahre damit zu leben, dass er angeblich im Krieg fremdgegangen sei. Die ganze Wahrheit, würde Britts Mutter nicht überleben. Das wäre das Ende.

Britts Vater hat er die Geschichte einige Tage zuvor auch erzählt, heimlich ohne dass die Mutter dabei war. Er hatte große Angst mit Britt darüber zu reden, doch meine Frau sei für ihren Zwillingsbruder die einzige Hoffnung, da half die ganze Absprache nicht mehr. Es geht um Leben und Tod.

Er schob Britt einen Zettel über den Tisch mit seiner Adresse in Innsbruck und bat sie, sich das doch einmal genau zu überlegen ob sie ihrem Zwillingsbruder helfen wolle. Dann verabschiedete er sich und einige Tage später fuhren wir auch mit den Eltern heim.

Britts Vater sprach mit keinem Wort darüber und ließ meine Frau mit ihren Gedanken, Ängsten und Sorgen allein. Sie wollte aber auch nicht mit ihm darüber reden. Nur mir vertraute sie immer.

Seltsamerweise wurde auch nicht mehr über das Treffen mit Robert in Gräfenroda gesprochen, als wir wieder zu Hause waren. Ihre Eltern sprachen überhaupt nicht über diese Reise nach Thüringen.

Möglich, dass ihre Mutter Wind davon bekommen hatte und erst einmal Gras darüber wachsen lassen wollte, aber warum? Wenn sie etwas ahnen würde, wäre es doch sinnvoll jetzt drüber zu sprechen um vielleicht reinen Tisch zu machen.

Die Ruhe war schon beängstigend, denn Tage und Wochen vergingen ohne dass meine Frau aus Österreich etwas erfahren hat. Weder ihr Zwillingsbruder noch Robert Spamberg meldeten sich bei ihr. Britts Gedanken darüber quälten sie und machten ihr schwer zu schaffen. Sie dachte viel darüber nach, was wäre wenn sie ihrem Zwillingsbruder eine Niere spenden würde. Es brodelte in ihr. Sie nahm mich an die Hand und meinte: „Wir müssen einmal darüber reden. Ich werde noch verrückt, wenn ich jetzt nicht mit dir sprechen kann. Du bist der einzige der mir überhaupt einen Rat geben kann."

Und mit zitternder Stimme: „Mein Zwillingsbruder muss doch in der Zwischenzeit bestimmt einmal vom Vater oder seiner Mutter erfahren haben, dass er ein Zwilling ist, was meinst du?

Wenn das so ist, warum meldet er sich nicht persönlich bei mir? Er muss das doch auch fühlen dass es auf dieser Welt noch jemanden gibt, das fühlen Zwillinge doch oder? Mir geht es so und du spürst es doch auch, denn du bist ja auch ein Zwilling."

Ich konnte sie ein wenig beruhigen und gab ihr den Rat, ihre Ärztin bei der nächsten Gelegenheit zu fragen wie sie mit der ganzen Sache umgehen soll. Möglich, dass sie als Nierenspender nicht in Frage kommen würde, oder es sogar lebensgefährlich für sie wäre. Waren ihre Nieren überhaupt gesund?

Britt ließ sich einen Termin bei ihrer Ärztin geben. Auf das Gespräch war ich sehr gespannt. Ich sollte dabei sein, wartete aber dann doch im Wartezimmer. Manchmal haben Ärzte es nicht gerne dass Angehörige bei der Untersuchung anwesend sind.

Als sie mit der Ärztin aus dem Untersuchungszimmer kam, meinte diese es wäre besser noch ein CT zu machen, dann sähe man klarer. Bei der Ultraschalluntersuchung konnte man nicht genau sehen was da ist, vielleicht nur eine Niere, oder eine zu kleine, vielleicht sogar eine Schrumpfniere.

Wir bekamen dann nach langem Verhandeln mit dem Klinikpersonal einige Tage später einen Termin. Dafür mussten wir in eine nahegelegene Stadt fahren und bei der Aufnahme bekam meine Frau erst einmal 2 große Flaschen Wasser zu trinken. Auf die Frage warum müssen es 2 Liter

Wasser sein, hörten wir nur dass es nötig sei, denn dann liefe alles besser durch.

Nach dem CT bekamen wir dann eine CD mit einigen Hundert Aufnahmen, die wir uns zu Hause am Computer ansehen konnten. An Hand der Fotos konnten wir genau feststellen, dass meine Frau zwei Nieren hatte.

Tage später hörten wir von der Ärztin, Britts Blut ist nicht gesund, es wäre wohl falsch eine Niere zu spenden. Die Möglichkeit bestände schon, aber ob die Niere von dem Empfänger angenommen würde, bezweifle sie.

Meiner Frau war die Entscheidung abgenommen worden. Jetzt brauchte sie sich keine Gedanken machen über eine Spende. Ihr Gefühl sagte ihr sie solle helfen, doch ihr Verstand sagte, besser nicht!

Monate gingen ins Land und aus Österreich hat sich niemand gemeldet. Es war kurz vor Weihnachten. In der zweiten Adventswoche brachte der Briefträger uns und den Eltern meiner Frau eine Traueranzeige. Sie kam aus Österreich und wir konnten lesen, dass Britts Zwillingsbruder verstorben ist. Er konnte die Krankheit leider nicht besiegen und starb an Nierenversagen.

Jetzt sahen wir auch zum ersten Mal seinen Namen über den bisher nie gesprochen wurde. In der Todesanzeige stand Horst Spamberg, geboren am 11. Juni 1942. Geburtsort: Halle an der Saale, DDR.

Britt machte sich jetzt doch Vorwürfe, weil sie ihrem Zwillingsbruder nicht geholfen hat. Vielleicht wäre eine Transplantation ihrer Niere seine Rettung gewesen. Ich hatte alle Mühe ihr dieses Trauma auszureden. Was aber noch viel schlimmer war, die Todesanzeige hat Britts Mutter gelesen und nicht verstanden. Es vergingen einige Tage, dann kam ein Anruf von ihr. „Britt, wir beide müssen uns treffen, mir ist bei der Todesnachricht aus Innsbruck etwas aufgefallen, das ich mir nicht erklären kann".

„Mir auch", sagte meine Frau nur, „aber wenn wir uns treffen muss mein Mann dabei sein, er weiß über alles Bescheid, zwischen uns gibt es keine Geheimnisse." Was mich wunderte, sie war sofort damit einverstanden und sie verabredeten sich für den kommenden Samstag in unserer Wohnung.

Mein Schwiegervater kam nicht mit, ihn ließ diese Angelegenheit ziemlich kalt. Er sagte nichts, wunderte sich aber schon über seine Frau, die immer seltsamer wurde. Er wollte wohl auch nicht mit ihr über diese Todesanzeige sprechen, hatte er doch schon genug Ärger in der Vergangenheit.

Als Britts Mutter bei uns war, machte sie uns auf das Geburtsdatum und den Geburtsort aufmerksam. Sie konnte das nicht verstehen. Sie war zu dieser Zeit im Militärkrankenhaus in Halle und von einer zweiten Frau, die zur gleichen Zeit einen Jungen zur Welt brachte, hätte sie gewusst.

In den Tagen hatte niemand einen Jungen geboren. Sie war die einzige dort. Auch eine Frau Spamberg war niemals dort auf der Entbindungsstation.

Ich schaute in ihr Gesicht, es bestand aus einer einzigen Frage. Sie schaute ihre Tochter hilfesuchend an und fing an zu zittern. Dann kramte sie wie wild in ihrer Handtasche herum und fand noch ein Foto eines jungen Mannes.

Dieser Mann war ohne Zweifel Horst Spamberg. Sie zeigte es meiner Frau und weinte dabei: „Wer ist das? Ist das dein Bruder? Das kann doch nicht sein! Sag endlich etwas! Was weißt du davon? Der sieht genauso aus wie du, und wie dein Vater!"

Meine Frau konnte nichts sagen, sie schaute nur entsetzt in das hilflose Gesicht ihrer Mutter. Dann nahm sie sie in die Arme, beruhigte sie ein wenig und meinte dann ganz vorsichtig: „Ja, Mutti, das ist mein Bruder, mein Zwillingsbruder.“

Das war für meine Schwiegermutter zu viel. Sie bekam einen Weinkrampf und brach zusammen. Wir riefen den Notarzt und dieser gab ihr erst einmal eine Beruhigungsspritze, wollte aber von uns wissen, wie es zu diesem Zusammenbruch gekommen sei. Wir konnten ihm nur erklären, dass es eine Familienangelegenheit sei und zu viel auf sie eingeströmt war. Sie stand wohl unter Schock.

Damit gab er sich zufrieden. Wir brachten die Mutter in unser Gästezimmer und legten sie aufs Bett, wo sie nach kurzer Zeit einschlief. Wir beschlossen, sie erst einmal bei uns zu behalten, denn wenn sie in ihre Wohnung käme, gäbe es bestimmt Streit mit ihrem Mann und der würde nicht harmlos sein.

Das nächste Problem kaum auf uns zu. Wir mussten Britts Vater erklären, warum seine Frau bei uns bleiben sollte, vorerst nur. Britt rief ihren Vater an und versuchte zu erklären was passiert war. Er stellte sich stur, anscheinend wollte er es nicht verstehen.

Im weiteren Gespräch erinnerte Britt ihn an den Text in der Todesanzeige. Darüber sollte er doch einmal nachdenken und was er ihr und seiner Frau damit angetan habe. Wie nicht anders zu erwarten, knallte er den Telefonhörer an der anderen Seite auf den Apparat. Vollkommene Stille auf der anderen Seite.

Meine Frau konnte nichts mehr sagen, ich hielt mich auch mit Äußerungen zurück, unsere Mutter lag im Gästezimmer und schlief. Eine extrem angespannte Situation. Das Beste was wir machen konnten, diese Nacht versuchen zu schlafen und Ruhe einkehren zu lassen.

Morgen ist ein neuer Tag und dann werden wir sehen wie es weiter geht. Das Schlimmste wird sein, Britts Mutter beizubringen, dass ihr vor der Geburt der Tochter ein Sohn gestohlen wurde. Wie sollen wir ihr das nur sagen?

Sie hatte Zwillinge geboren, und wusste nichts davon. Der Schock, jetzt einfach so nebenbei darüber zu lesen, musste tief sitzen. Wie würde sie damit umgehen? Und wie können wir ihr beistehen?

Als sie am nächsten Morgen wach wurde, stand sie auf und geisterte durch die Wohnung. Anscheinend war sie benommen, denn sie redete mit sich selbst. Auf unseren Morgen-Gruß sah sie uns seltsam abwesend an. So haben wir sie noch nie gesehen. Was war über Nacht mit ihr geschehen?

Auf eindringliches Zureden setzte sie sich dann an den gedeckten Frühstückstisch. Wir gaben ihr eine Tasse Kaffee und ein Brötchen mit ihrer geliebten Marmelade. So nach und nach erholte sie sich und wir sahen ihren Augen an, dass sie wieder unter uns war. Was hatte dieser Schock gestern in ihr ausgelöst?

Nach unserem gemeinsamen Frühstück telefonierte meine Frau heimlich mit dem Arzt ihrer Mutter, er war auch Arzt vom Vater, und hat ihm die Geschichte mit dem Zwilling erzählt, worauf er sich bereit erklärte, heute nach seiner Sprechstunde bei uns vorbeizuschauen um sich die Mutter anzusehen.

Er meinte: „Hört sich gar nicht gut an!“ Was auch unsere Meinung war. Von Britts Vater sahen und hörten wir nichts. Er hatte wohl richtig Angst, denn er wusste nicht was auf ihn zukam, wenn seine Frau wieder zurückkommt.

Er war eiskalt, so sah ich das. Hatte er doch die ganzen Jahre Zeit gehabt, diese unangenehme Geschichte zu beichten. Aber den Mumm, den hatte er nicht.

Mittags kam der Arzt vorbei, machte einige Tests mit meiner Schwiegermutter und meinte dann: „Mit ihrer Mutter ist, soweit ich das jetzt beurteilen kann, alles in Ordnung. So ein Schock ist ja auch nicht leicht zu verdauen. Allerdings sollte sie sich von einem Spezialisten untersuchen lassen, ich vermute bei ihr die ersten Anzeichen einer Demenz."

Da waren wir natürlich erst einmal sehr bestürzt, denn davon hatten wir bisher noch nichts beobachtet. Der Arzt erzählte uns dann noch, dass beim letzten Check-Up schon die ersten Auffälligkeiten zu sehen waren, er habe nur damals noch nichts gesagt, weil ihr Mann dabei gewesen sei. Britts Vater kannte er über viele Jahre und wie er darauf reagieren würde, wusste er. Deshalb hatte er geschwiegen. Er verschrieb der Mutter einige Tabletten und wir sollten genau darauf achten, dass sie diese auch genauso einnahm wie angegeben.

Das war für uns zuerst einmal eine Beruhigung. Tage später brachten wir sie dann wieder in ihre

Wohnung. Mein Schwiegervater kam auf sie zu und begrüßte seine Frau als wäre nichts gewesen. Der Mutter sahen wir aber an, dass sie fix und fertig war. Sie zitterte am ganzen Körper und marschierte gleich durch bis ins Schlafzimmer.

Britts Vater sagten wir die Diagnose und das sie unbedingt einen Spezialisten aufsuchen muss. Er hörte sich das an und meinte dann ganz trocken, sie wird sich schon wieder einkriegen. Daraufhin wurde meine Frau so böse, dass ich sie zurückhalten musste, sonst wäre sie ihrem Vater an die Gurgel gegangen.

Wir verließen, ohne noch ein Wort zu sagen die elterliche Wohnung und hörten in den nächsten Tagen nichts mehr von den Schwiegereltern. Meine Frau war nicht gut auf ihren Vater zu sprechen, aber um ihre Mutter hatte sie große Angst.

So ließen wir die Zeit verstreichen, irgendwann würden die beiden sich bestimmt melden wenn sie sich ausgesprochen haben. Britt musste allerdings auch erst einmal selbst mit diesen Ereignissen fertig werden.

Erst hatte sie plötzlich einen Halbbruder der in Innsbruck lebte, dann war das auf einmal ein

Zwillingsbruder. Dann wurde der Zwillingsbruder sehr krank und brauchte eine Niere und als keine Niere transplantiert werden konnte, hatte sie keinen Zwillingsbruder mehr, er war verstorben.

Das alles musste erst einmal verarbeitet werden. Aber, wie das Leben so ist, geriet das über die Jahre in Vergessenheit.

Mit Christa, die uns in Florida die besten Tipps gab, waren wir noch in Kontakt. Wir hatten sie und ihren Mann sogar einmal in Süddeutschland besucht, denn jetzt lebten sie wieder in der Heimat.

Ihr Mann war bei Siemens beschäftigt und dadurch in der ganzen Welt unterwegs. Darum haben wir uns für unsere nächste Reise mit Christa in Kanada verabredet.

Christas Sohn lebte in der Provinz Saskatchewan und sie besuchte ihn dort. Sie hatten aber noch eine Wohnung in Toronto. Und in Toronto haben wir uns mit ihr verabredet.

Diesen Urlaub machten wir beide nicht allein, mein Cousin Otto und seine Frau wollten sich uns anschließen. Wir haben in der Verwandtschaft schon viel von Amerika erzählt, deshalb bat er uns ihn mitzunehmen. Er war leidenschaftlicher Jäger und dachte er könne in Kanada einen Bären erlegen.

So flogen wir vier von Düsseldorf mit einer kanadischen Airline direkt nach Toronto. Ein Wagen war wieder von Deutschland aus gebucht, den wir dann am Airport von Toronto in Empfang nehmen konnten. Wir machten uns auf den Weg nach Kitchener, einer kleinen Stadt in der Region Ontario.

Diese Stadt Kitchener wurde von deutschen Einwanderern gegründet. In dieser Stadt soll ein Deutscher leben, den mein Cousin zu kennen glaubte. Auf Nachfrage wie er ihn finden will, sagte er nur: „Er ist in Kanada in einem deutschen Jägerverband und die geben mir dann seine Adresse." Für die Bärenjagd würden die Leute im deutschen Jägerverband alles arrangieren.

„Wer glaubt, wird selig", sagte ich nur. Aber er ließ sich nicht beirren. In Kitchener war ein Motel für die erste Nacht gebucht. Am nächsten Morgen wollten wir dann nach Toronto fahren.

Das Treffen mit Christa sollte im CN-Tower stattfinden. Dort oben in 361 Meter Höhe gab es ein Restaurant, das sich langsam aber stetig um 360°

drehte. Von oben sollten wir eine fantastische Aussicht haben und bis hin zum Horizont sehen können, bei klarem Wetter natürlich.

Christa kannte sich aus und hatte schon einen Tisch bestellt. Ohne Voranmeldung wären wir gar nicht in das Restaurant gekommen, die Plätze waren schon Wochen im Voraus ausgebucht. Ganz in der Nähe des CN-Towers fanden wir einen Parkplatz für $ 10 die Stunde. Als wir den Tower erreichten, mussten wir uns durch die Menschenmenge in der Eingangshalle kämpfen. Bevor wir allerdings den Fahrstuhl betreten durften, wurden wir nach Waffen oder Sprengstoff durchsucht.

Oben angekommen sollten wir die Reservierung für das Restaurant vorzeigen, die wir doch aber nicht hatten, die hatte Christa. Was war zu tun? Nach langem Hin und Her erklärte sich das Sicherheitspersonal bereit mit dem Restaurant Kontakt aufzunehmen und nach Christa zu fragen.

Es dauerte noch eine Weile, bis Christa uns oben am Fahrstuhl in Empfang nahm. Die Reservierung wurde überprüft dann endlich konnten wir in das Restaurant. Der Fahrstuhl fuhr an der Außenfassade entlang in einer sagenhaften Geschwindigkeit und durch die Glasscheiben war die Aussicht auf Toronto und den Lake Ontario einfach fantastisch.

Im Restaurant wurden wir an unseren Tisch geführt. Es war für sechs Personen gedeckt, ich dachte mir nichts dabei. Wir waren zwar nur fünf, aber was soll`s? Als wir gerade Platz genommen hatten, tippte mir jemand hinten auf die Schulter. Langsam, ganz langsam drehte ich mich um und sah in die strahlenden Augen meiner Zwillingsschwester Mary.

Diese Überraschung war ihr und Christa wirklich gelungen! Ich muss wohl dermaßen blöd ausgeschaut haben als ich Mary sah, denn sie nahm mich sofort in den Arm und entschuldigte sich für diesen Überfall.

Wir drückten uns innig, keiner wollte den anderen loslassen. Zufällig sah ich dabei in das Gesicht meines Cousins und dachte, jetzt versteht der die Welt nicht mehr. Er kannte mich genau und sah mich, und dann eine Frau, die genauso aussah!

Wir lösten unsere Umarmung, Mary wandte sich meiner Frau zu und umarmte sie ebenfalls. Dann kam die nächste Überraschung, Mary sprach mit uns abwechselnd Deutsch und Englisch. Auf die

Frage wieso sie Deutsch sprechen könne, meinte sie nur sie habe mit ihrer Mutter gesprochen nach dem letzten Treffen von da an hat sie fleißig geübt.

Ihre Mutter hat ihr alles erzählt und geholfen, so schnell wie möglich Deutsch zu lernen. Ihre Mutter wollte doch, wenn Mary mich wiederträfe, dass sie ganz normal an der Unterhaltung teilnehmen und wir sie auch verstehen können.

Ich stellte Mary meinen Cousin und seine Frau vor. Ob die zwei auch Urlaub machten wollte Mary wissen. Als ich sagte, Otto sei passionierter Jäger und möchte in Kanada einen Bären schießen, schaute sie ihn ungläubig an und lachte lauthals.

„Das wird nicht möglich sein", meinte sie nur, „es ist Schonzeit für Bären, das sollte er doch wissen, und warum gerade einen Bären?"

Ich sah in Ottos Gesicht und sah nur ein großes Fragezeichen. Mit zitternder Stimme stammelte er: „Sag einmal, ist das deine Zwillingsschwester, von der schon immer in der Familie gesprochen wurde? Wenn sich unsere Eltern trafen und über eine „Maria" sprachen, haben wir Kinder immer die Ohren gespitzt. Keiner hat sie jemals gesehen, alle glaubten, es sei ein Hirngespinst. Sie gibt es ja wirklich! Wenn ich das meiner Schwester erzähle, erklärt sie mich für verrückt und lässt mich einweisen."

Mary sah mich erstaunt an: „Wieso wussten in deiner Familie alle von meiner Existenz, nur in Vancouver wusste niemand etwas von dir, außer meinen Eltern. Nicht einmal mein Bruder."

Sie schaute meinen Cousin an und sagte: „Herzlich willkommen im schönen Kanada. Jetzt bin ich erst einmal hier, und der heutige Tag gehört uns allen ganz allein. Ich bin überglücklich, dass Christa mich angerufen hat und ich sofort kommen konnte. Von Vancouver bis Toronto ist es nicht so weit wie bis nach Fort Lauderdale in Florida. Aber eines möchte ich doch noch von dir wissen, Otto, wieso habt ihr daheim von einer Maria gesprochen?"

Otto schaute sie an und fragte ganz erstaunt: „Was, ihr kennt euch schon von Florida? Wieso? Du wusstest sogar, dass deine Zwillingsschwester in Kanada lebt! Warum hast du uns nicht vorher davon erzählt? Und wieso heißt deine Zwillingsschwester Mary und nicht Maria?" Ich musste ihm klar machen, dass ich vom heutigen Treffen auch nichts gewusst habe. Das war die schönste

Überraschung in Toronto. Wir unterhielten uns kreuz und quer über den Tisch, aßen und tranken dabei und genossen die schöne Aussicht über Toronto und den Ontario-See. Vor allen Dingen unser Wiedersehen.

Mary erzählte uns dass nach dem Gespräch mit der Mutter sie sich ihre Geburtsurkunde einmal genauer ansah und dabei sei ihr aufgefallen, dass ihr Name in der Geburtsurkunde eindeutig Maria und nicht Mary war. Ihre Mutter erklärte es dann so. Als sie nach Kanada zogen haben sie ihren Namen von Maria in Mary geändert, weil es für sie einfacher wäre, wenn sie in den Kindergarten und später in die Schule käme. Mary sei ein englischer Name, nicht so typisch deutsch wie Maria.

Mary hatte, wie schon damals in Florida, nur einen Tag Urlaub von der Agentur bekommen, und erklärte uns ein bisschen traurig, dass sie noch heute Abend den Flieger nach Vancouver nehmen müsse, weil sie morgen wieder arbeiten muss. Es tat ihr so leid, aber sie wollte mich doch bei der Gelegenheit wiedersehen, wer weiß wann es das nächste Mal sein würde.

Daraufhin lud sie meine Frau und mich wieder ein, wenn wir demnächst in den USA sein sollten, müssen wir unbedingt nach Vancouver kommen und sie und ihre Familie besuchen. Ihre Mutter würde sich sehr darüber freuen, das hatte sie ihr vor diesem Treffen mit auf den Weg gegeben, dann würden wir auch ihren Bruder kennen lernen.

Nachdem alles besprochen war und Mary sowie Christa sich von uns verabschiedet hatten, fuhren wir wieder zurück in unser Motel. Unser Plan war folgender, am nächsten Morgen sollte es weiter gehen Richtung Norden, in eine Gegend in der wirklich Bären leben sollen.

Otto hatte sich heimlich in Kitchener mit einem Deutschen getroffen, der ihm bestätigte, dass in dieser Zeit keine Bären erlegt werden dürfen, es sei schließlich Schonzeit. Mit etwas Wut im Bauch hatte er uns das erzählt, meinte aber wir brauchen unsere Reiseroute nicht ändern. Wir haben die Route von Deutschland aus geplant und er war damit einverstanden. Mein Cousin und seine Frau hatten 14 Tage Urlaub und mussten dann wieder nach Deutschland fliegen, am darauffolgenden Wochenende sei Schützenfest und Otto war Adjutant des Schützenkönigs. Das war wichtig!

Wir fuhren an diesem Tag direkt zum Buckhorn-Lake. Eine sehr schöne Gegend in Kanada, um allerdings an den See zu kommen, mussten wir auf Fährtensuche gehen. Nur an Hand unserer großen USA/Kanada-Karte konnten wir den Weg finden. Er lag so versteckt, wir sahen ihn erst, als wir schon fast im Wasser standen.

Für diese Nacht war eine Blockhütte direkt am Lake gebucht. Die Adresse hatten wir von einer Verwandten meiner Frau, die dort einige Male ihren Urlaub verbrachte.

Als wir die Besitzer kennenlernten, fiel mein Cousin fast aus allen Wolken, denn wie der Zufall es manchmal will, kannte er das Ehepaar. Sie hatten in der Nähe unserer Stadt eine kleine Tankstelle betrieben, die sie verkauften um nach Kanada auszuwandern. Hier am Buckhorn-Lake fanden sie ihre neue Heimat.

Es wurde ein feuchtfröhlicher Abend am Lagerfeuer vor unserer Blockhütte. Bei den Vermietern konnten wir Bier und Sekt kaufen, das Fleisch zum Grillen besorgten wir aus einem nahe gelegenen Store, und so vergaß mein Cousin langsam aber sicher seinen Ärger über das „Nichterlegen eines kanadischen Bären". Ich konnte nicht begreifen, was daran so toll sein soll, einen Bären zu schießen, ihn ausstopfen zu lassen und in seinem Partykeller an die Wand zu stellen. Otto hatte nämlich im Keller seines Hauses einen Raum, in dem alle geschossenen Tiere ausgestopft an der Wand hingen. Da war überhaupt kein Platz mehr für einen Bären.

Schon sehr früh am nächsten Morgen brachen wir auf und es ging nach Norden in Richtung Hudson Bay. Die Fahrt führte uns über Sudbury, eine kleine kanadische Stadt in eine Gegend die immer einsamer und verlassener wurde. Wir kamen durch eine Stein- und Geröllllandschaft die so aussah wie die damaligen Fernsehbilder von der ersten Mondlandung im Jahre 1969. Man konnte annehmen hier hätten die amerikanischen Astronauten ihr Mondtraining abgehalten.

Nach der langen Fahrt an diesem Tag, waren wir geschlaucht und suchten nur noch nach einem Motel. Nur oben im Norden waren die Motels sehr spärlich. Glück hatten wir dann aber doch wir fanden eins. Es blieb uns nichts anderes übrig, wir mussten es nehmen, obwohl es uns nicht zusagte und auch viel zu teuer war. Aber einfach im Auto zu übernachten war uns dann doch zu gefährlich.

Als wir am nächsten Morgen aufwachten, traf uns fast der Schlag. Unser Auto war total zugefroren. Wir wussten gar nicht wie wir ins Auto kommen sollten. So beschlossen wir alle die ca. 600 km wieder zurück zu fahren nach Toronto. Wir waren im Sommer in den Urlaub geflogen in der Hoffnung einigermaßen schönes Wetter zu haben, doch was hatten wir hier? Eis, jetzt fehlte nur noch Schnee. Nein das brauchten wir nicht.

Während unserer langen Rückfahrt, in Richtung Süden, schaute sich Britt die Straßenkarte der Provinz Ontario genauer an und wir beschlossen einstimmig an diesem Tag bis zu den bekannten Wasserfällen durchzufahren, den Niagarafällen. In Niagara-Falls, so hieß die Stadt, direkt gegenüber den Wasserfällen mieteten wir ein Motelzimmer.

Dort wollten wir einige Tage bleiben. Im Fernsehen oder in den Katalogen haben wir Bilder von den Niagarafällen gesehen. Sie waren so imposant wenn man sie sah. Aber jetzt, da wir direkt davor standen, waren wir sehr enttäuscht. Wir standen auf gleicher Höhe mit dem Wasser, das sich dann ca. 60 m in die Tiefe stürzte.

Das war für uns nichts Besonderes. Die Faszination Niagarafälle war dahin. Wir hätten dort aber auch mit einem Boot „Maid of the Mist" direkt an die Fälle schippern können, doch dazu hätten wir uns eine gelbe Gummijacke, den sogenannten „Ostfriesennerz" überziehen müssen, um nicht nass zu werden. Nur diese gelbe Jacke wollten wir nicht überziehen. Da ekelten wir uns zu viel. Allerdings hätten wir die Wasserfälle von unten so gesehen wie wir sie von den Bildern kannten. Die Enttäuschung war schon groß.

Wir haben aber das Beste aus allem gemacht. Unser Motel befand sich auf der kanadischen Seite der Fälle. Immer wenn wir etwas kaufen wollten in den Einkaufs-Stores, fuhren wir mit dem Wagen über eine der Brücken des Niagara-Rivers auf die amerikanische Seite in den Ort Buffalo, in USA waren die Lebensmittel und Getränke sehr viel billiger als in Kanada.

Es stand noch eine Rundreise um den Lake Ontario auf unserem Plan. Auf amerikanischer Seite ging die Tour durch den Bundesstaat New York zu der Inselgruppe „Thousand Islands", um über die Thousand-Island-Bridge wieder auf die kanadische Seite und zurück nach Toronto zu fahren.

Die Ferienzeit für meinen Cousin Otto und Frau war vorbei und wir brachten die beiden zum Flughafen für den Rückflug nach Düsseldorf. Wir beide allerdings hatten noch gut vierzehn Tage vor uns und diese wollten wir nutzen. Unsere Fahrt führte uns in Richtung Westen entlang des

Lake Erie über Cleveland zur bekannten Auto-Stadt Detroit. Detroit war weltweit bekannt durch die Autofabriken aller großen amerikanischen Automarken mit so bedeutenden Namen wie Buik, Cadillac, Ford usw. Nur zu dieser Zeit, in der wir gerade da waren, war nichts mehr übrig von dem Glanz der damaligen Zeit. Die Stadt wirkte verlassen, die Geschäfte verkommen, viele Läden zugenagelt mit Brettern.

An einem frühen Sonntag-Morgen wollten wir kurz von Detroit hinüber nach Kanada fahren. Wie ausgestorben sah die Stadt aus, ab und zu sahen wir einige Farbige die vielleicht auf dem Weg zur Kirche waren. Es war herrlich anzusehen, die Frauen in ihren bunten Kleidern, die Männer in farbigen und schmucken Anzügen, sogar die Kinder toll angezogen als wollten sie auf einen Geburtstag oder zu einer Hochzeit. In der verlassenen Stadt bekamen wir es aber mit der Angst zu tun. Wir haben dann unser Auto von innen verriegelt, weil es so unheimlich war, brachen aber unseren Ausflug nach Kanada ab.

Anschließend sind wir an der Westseite des Lake Huron nach Norden gefahren bis nach Sault-St.-Marie. Schon waren wir wieder in Kanada! Unsere Reise endete in Toronto um von dort mit dem Flieger über den großen Teich nach Düsseldorf zu fliegen. Es war eine erlebnisreiche Reise, ich habe meine Zwillingsschwester wieder gesehen und sie hat uns sogar eingeladen sie in Vancouver zu besuchen. Was wollte ich mehr?

In den nächsten Jahren waren wir noch viele Male in USA, bereisten aber meistens nur die Staaten an der Ostküste. Mary hat mir immer wieder geschrieben und mich dadurch an ihrem Leben teilhaben lassen. Dann war es soweit, wir planten die nächste USA-Reise nach Los-Angeles und San-Franzisco. Und von dort aus wollten wir nach Kanada fahren um endlich meine Zwillingsschwester und ihre Familie zu besuchen.

Unsere Fahrt ging von Los-Angeles in Richtung Norden, immer am Pazifik entlang bis an die Staatsgrenze von Kalifornien und weiter durch die Staaten Oregon und Washington bis wir in Vancouver ankamen. Es war eine lange Fahrt. Wir besuchten auf der Reise das Spielerparadies Las Vegas und die Spielerstadt Reno in Nevada, the „biggest little city in the world".

Der Besuch bei meiner Zwillingsschwester war ein großartiges und gleichzeitig turbulentes Fest. Nach weit über vierzig Jahren sah ich meine Tante wieder, Marys Mutter. Ich wollte es kaum glauben, aber sie hatte sich im Vergleich zu damals nicht viel verändert. Das Bild von früher, als meine Eltern ihr ein kleines Bündel mitgaben, war immer noch abrufbereit. Mein Gedächtnis hat es tatsächlich einfach abgespeichert.

Marys Mann und ihre beiden Töchter lernten wir jetzt auch kennen. Ihr Bruder kam am Tag darauf zu uns mit seiner Familie. Wir unterhielten uns lange und sprachen über die vergangenen Jahre und was wir alles versäumt haben. Meine Tante, eigentlich war es ja keine richtige Tante, nur so um fünf Ecken herum, versuchte sich zu entschuldigen, dass sie mir meine Schwester genommen habe. Aber es sei damals so meinte sie, in der schwierigen Zeit des Krieges, das einzig Richtige gewesen.

Es war ja damals genauso mit meinen Eltern abgesprochen. Und wenn ich es heute betrachte, hatte meine Frau das Gleiche mit ihrem Zwillingsbruder erlebt. Viele Erinnerungen an den Krieg hatte ich nicht. Wenn ich gewusst hätte, welch abscheuliche Sachen sich im Krieg abgespielt hatten, hätte ich es vielleicht verstanden. Aber dafür war ich damals noch viel zu jung.

Wie ich in Thüringen, durch Robert Spamberg erfahren hatte, wäre einer von uns beiden im Krieg vielleicht auch diesem Arzt Dr. Mengele, der die Experimente an Zwillingen machte, in die Hände gefallen. Im Nachhinein gesehen waren die damaligen Entscheidungen beider Familien wohl die einzig Richtigen.

Mary und ihr Mann hatten sich ein schönes Heim geschaffen, ihr Bruder wohnte nur einige Autominuten entfernt und ihre Mutter besaß auf Vancouver-Island ein Haus in dem sie allein wohnte und nicht mehr weg von dort wollte. Auch dieser wunderschöne Urlaub verging wie im Flug.

Ich wäre liebend gerne länger bei meiner Zwillingsschwester geblieben. Aber wir mussten die Rückreise nach Los Angeles antreten. Das ging nicht an einem Tag. Ein Motel in der Nähe von Sacramento diente noch als Zwischenstopp. Von Los Angeles bis nach Düsseldorf dauerte der Rückflug immerhin 13 Stunden. Wir landeten total übernächtigt. Mehrere Tage brauchten wir um uns an die Zeitumstellung zu gewöhnen.

Alles in Allem hatte sich aber der Trip nach Los Angeles und nach Vancouver gelohnt. Der Kontakt mit meiner Zwillingsschwester war dauerhaft hergestellt und ich genoss es ohne Ende. Mary war ebenfalls glücklich seitdem wir zueinander gefunden haben.

Eine Trennung wollten wir nicht mehr zulassen. Wir wollten uns eigentlich öfter besuchen, doch dazu reichte bei Mary meistens nicht das Geld und sie hatte gar nicht so viele Urlaubstage wie ich.

Vierzehn Tage Urlaub hatte sie, ich dagegen dreißig. Das Einkommen ihres Mannes und ihres zusammen gerechnet war nicht so hoch wie mein Gehalt. Bei mir kam dann noch Urlaubsgeld und Weihnachtsgeld, fast wie ein dreizehntes Monatsgehalt, dazu.

So war es für uns nicht schwer unsere USA-Urlaube zu finanzieren. Als ich ihr das vorrechnete, staunte sie: „Davon können wir hier in Kanada nur träumen! Wir sind schon froh über die Errungenschaften unserer Regierung wie Rentenversicherung und Sozialversicherung. Das gibt es noch nicht so lange."

Vielleicht schaffen wir das später einmal wenn wir in Rente gehen, hoffte sie, aber glaubte sie das wirklich? Wir schrieben uns über die Jahre e-mails, schickten uns Fotos, manchmal skypten wir auch direkt über den Laptop miteinander. So wusste jeder vom anderen was ihn bedrückte oder worüber er sich freute. Dieser Kontakt ist einfach herrlich.

Mindestens einmal in jedem Jahr flogen wir in die Vereinigten Staaten, und machten noch einmal eine sechswöchige Reise von Florida quer durch mehrere Bundes-Staaten bis nach San-Franzisco und zurück. Wir besuchten die Ostküste mit New York und Philadelphia, New Jersey und waren im größten Militärhafen der amerikanischen Marine in Norfolk, Virginia. Auf einer anderen Reise besuchten wir einen Bekannten in Spartanburg, North Carolina. Er war der Sohn einer Freundin meiner Frau und hatte einen tollen Job als Vice-Präsident in dem neuen BMW-Automobilwerk. Dort bauten sie den Z3 Sportwagen.

Meinen 55. Geburtstag feierten wir im Jahr 1996 mit der gesamten Familie bei Marie in Fort-Lauderdale in dem Motel, das wir schon viele Jahre kannten. Dazu hatte Britt ihre Eltern, unsere beiden Söhne und unseren Enkel eingeladen.

Es war eine sehr schöne und gelungene Geburtstagsfeier. Einige unserer amerikanischen Freunde kamen sogar aus New York und Michigan und überraschten mich dort. Ich wusste nichts, das hatte meine Frau heimlich eingefädelt. Während der vielen Urlaube haben wir auch einige liebenswerte Menschen kennen gelernt die wir immer mal wieder trafen.

Auf dem Rückflug nach Deutschland bekam ich im Flieger hohes Fieber. Die meiste Zeit schlief ich und bekam von dem Flug nicht viel mit. Es war für mich nicht so dramatisch, denn ich ging noch drei Tage arbeiten. Es sah so aus, als wenn ich es überstanden hätte. Meine Frau ließ nicht locker und ich musste zu meiner Ärztin gehen. Sie veranlasste, dass mir Blut entnommen wurde. Ich hatte mir anscheinend doch eine kräftige Erkältung zugezogen. Um diese richtig auszukurieren blieb ich einige Tage zu Hause. Nachdem ich dann wieder fit war, fuhr ich zur Arbeit und merkte im Betrieb, dass dort nicht mehr alles so war, wie ich es hinterlassen hatte.

Ein neuer Geschäftsführer wurde mir vor die Nase gesetzt, den ich nicht leiden konnte. Im Zuge von Rationalisierungsmaßnahmen wurde mir dann nach 43 Jahren einfach gekündigt. Das ließ ich mir nicht gefallen, denn mit meiner Schwerbehinderung von 50% konnte man mich nicht so einfach entlassen.

Die Firma und ich schlossen dann vor dem Sozialgericht einen Vergleich, und ab da war der Weg frei für den Renteneintritt. Ich bin dann mit 60 Jahren Rentner geworden. Jetzt hatten wir mehr Zeit füreinander und konnten endlich auch für längere Zeit Urlaub in den Staaten machen.

Wir mieteten in Florida auf Marco Island für zwei Monate eine Wohnung und verbrachten die Herbstmonate Oktober und November auf der Sonneninsel. Die Temperaturen waren in dieser Zeit zwischen 22° und 30° C, die Rosen blühten im Winter und wir genossen den wunderschönen weißen Sandstrand und das Meer.

Unser Condo befand sich direkt gegenüber der Residents-Beach. Um diese Beach betreten zu können, kauften wir uns für diese Zeit immer einen Pass, der uns auch berechtigte sogar unser Auto auf dem Parkplatz an der Beach zu parken. Das kostete $ 130 für zwei Monate.

Diese Residents-Beach war für uns interessant, denn hier war ein kleines Restaurant, und was für uns wichtig war, auch Toiletten. Wir haben in Amerika in all den zurückliegenden Jahren schon so viele schöne und wundervolle Strände entlang der Atlantikküste und auch der Pazifikküste gesehen, doch diese Beach auf Marco Island übertraf alles.

Meistens waren wir früh morgens noch ganz allein an der Beach und genossen die himmlische Ruhe, das Plätschern der Wellen und das Geschrei der Möwen, sahen den braunen Pelikanen zu wie sie über das Wasser glitten. Wenn die ersten Einheimischen an die Beach kamen oder aber andere von ihrem morgendlichen Spaziergang entlang des Golfs zurück waren, wurden wir begrüßt mit: „Good morning, an other day in paradies, enjoy!" Das passte! Immer!

Diese Monate vergingen immer wie im Flug. Wir freuten uns jedes Mal riesig wenn wir auf Marco Island ankamen und auch wieder wenn wir zwei Monate später gesund in Deutschland landeten. In den zwei Monaten haben wir soviel Sonne getankt, dass es reichte, die Wintermonate und die Erkältungstage gut zu überstehen. Weihnachten stand dann vor der Tür, die Weihnachtsmärkte konnten wir besuchen, freuten uns aber schon wieder auf den nächsten Urlaub in Florida.

Im Januar 2005 stand dann eine Routineuntersuchung bei meiner Ärztin an. Mein Zuckerwert wurde immer im Turnus von drei Monaten durch eine Blutuntersuchung überprüft. Bisher waren meine Werte in Ordnung.

Zwei Tage später hatte meine Ärztin das Ergebnis der Blutuntersuchung und rief mich sofort an, denn es war Eile geboten. Sie hatte, ohne mich zu fragen bereits einen Termin bei einem ihr bekannten Onkologen gemacht. Dieser Termin war gleich am nächsten Tag.

Auf meine Nachfrage warum das so dringend sei, erfuhr ich, dass meine Leukozyten viel zu hoch seien. Der Wert lag bei 22 000 und das sollte in der Hämatologie abgeklärt werden. Die Anzahl der Leukozyten, das sind die weißen Blutplättchen, liegen bei einem normalen, gesunden Menschen unter 10 000.

Es könnte sein, dass ich Leukämie habe und nur die Untersuchung in der Onkologie könne da Klarheit schaffen. Der Schock saß tief. Jetzt war das eingetreten, wovor ich immer Angst hatte, ich hatte Krebs. Meine Gedanken überschlugen sich, mein Schädel brummte. Die schlimmste Krankheit die es überhaupt gab hatte mich kalt erwischt.

Um aber Gewissheit zu bekommen, was ich denn nun wirklich habe, sollte ich sofort vom Professor untersucht werden. Nur er könnte an Hand seiner Erfahrung, genauestens feststellen woran ich erkrankt war. Den Termin sollte ich auf gar keinen Fall verstreichen lassen und meine erhöhte Leukozytenanzahl von 22 000 nicht auf die leichte Schulter nehmen.

Meine Frau und ich sahen uns an, dabei merkten wir fast gleichzeitig, dass uns die Knie zitterten. Was sollten wir in dieser Situation nur tun?

Wir waren dermaßen von dieser Nachricht überrascht! Ruhe bewahren, dachten wir, und erst
einmal abwarten, was die Untersuchung brachte.

Das Krankenhaus, in dem die Untersuchung
stattfinden sollte, lag in der Südstadt, nicht weit
von unserer Wohnung entfernt. Ein Krankenhaus
war von klein an für mich wie ein rotes Tuch. Die
Gerüche, die trostlose Atmosphäre gingen mir
auf die Nerven, deshalb bin ich auch nie gerne in
eins gegangen. Es blieb mir aber nichts anderes
übrig, ich musste schließlich wissen, was mit mir
los war.

Schon der Vorraum dieser Station sah für mich
aus wie eine Sterbehalle. Es war alles so kahl und
es herrschte eine bedrückte Stimmung. In einem
Nebenraum sahen wir einige Patienten, teils sit-
zend, teils liegend an Schläuchen angeschlossen.
Als wir in ihre Gesichter schauten, sahen wir nur
Mutlosigkeit. Wie wir auf Nachfrage erfuhren,
bekamen diese Menschen eine Infusion, die zur
Chemotherapie gehörte.

Vielleicht sitze ich demnächst auch hier an
Schläuchen und bekomme diese Infusion! Doch
meine Frau sagte: „Lass uns doch erst einmal die
Untersuchung des Professors abwarten. Vielleicht trifft es dich ja gar nicht so heftig!"

Ich wurde aufgerufen und in das Behandlungs-
zimmer des Professors geführt. Meine Frau war
natürlich dabei. Dieser Professor war ein sehr
netter und freundlicher Mensch zu dem ich sofort Vertrauen hatte, und das war schon etwas
Besonderes.

Mir wurde Blut abgenommen, es waren 4 kleine
Röhrchen, soviel hatte ich noch nie abgeben
müssen bei einer normalen Blutuntersuchung.
Dann tastete er die Lymphknoten ab, meinte
aber, er könne nichts Auffälliges feststellen.
Mein tiefes Aufatmen hörte man bis in den Flur.
Dann sah ich in das Gesicht meiner Frau und
entdeckte Hoffnung in ihren Augen. Diese Hoffnung habe ich auch. Plötzlich erinnerte ich mich
daran, dass ich immer gesagt habe, wenn ich
einmal Krebs bekäme, würde ich mit allen Mitteln dagegen angehen. „Mich wird kein Krebs
besiegen!" sagte ich immer.

Die erneute Blutuntersuchung wurde direkt auf
seiner Station vorgenommen. Nach langem Warten kam dann der Professor mit der Prognose zu
mir und meinte: „So wie es jetzt aussieht ist es
Leukämie!

Um aber ganz sicher zu gehen, entnehme ich
ihnen morgen ein kleines, etwa 2 mm dickes und

ca. 10 mm langes Stückchen aus ihrem Knochenmark. Das wird dann an ein benachbartes Universitäts-Labor gebracht, in dem es scheibchenweise untersucht wird um die genaue Diagnose zu stellen. Dann wissen wir ganz genau, welche Art der Leukämie sie haben."

Mit dieser Aussage schickte er uns erst einmal wieder heim. Für uns beide war die Ansage „Krebs" das Schlimmste, das wir uns vorstellen konnten. Betroffen fuhren wir zurück, die Gedanken gingen nicht aus unseren Köpfen. Diesen Abend und die Nacht kamen wir nicht zur Ruhe. Immer wieder sprachen wir über die Blutuntersuchung und über das Ergebnis. Und was jetzt noch auf uns zu kommen würde, wenn die Diagnose Krebs sich bewahrheiten sollte. Mit diesen Gedanken schliefen wir dann doch irgendwann ein.

Am nächsten Morgen waren die Gedanken sofort wieder präsent. Es war schrecklich an nichts anderes mehr zu denken, immer nur Krebs, Krebs, Krebs.

Wir fuhren wieder ins Krankenhaus und der Professor klärte mich vor dem Eingriff auf, wie er vorgehen wollte. Die Stelle, die er sich aussuchte, würde er leicht vereisen und dann mit einem kräftigen Druck auf den Knochen das Instrument einführen.

Dabei erzählte er mir, dass er das schon oft gemacht habe und die meisten Patienten spüren nicht einmal etwas, nur den kräftigen Druck. Denn Druck müsse er ausüben, sonst käme er dort nicht hinein.

Während er noch weiter redete, spürte ich auch diesen Druck im Rücken, der aber auch sofort wieder nachließ. Es dauerte eine geraume Zeit, in der ich nicht sah, was er machte, aber dann hörte ich ihn nur noch sagen: „Eines kann ich ihnen versichern, Osteoporose haben sie nicht!"

Das war ja eine tolle Ansage dass ich keine Osteoporose habe, das heißt meine Knochen sind noch in Ordnung. Dann hat es doch geholfen, dass ich so gerne Milchprodukte wie Quark und Käse gegessen habe. Denn beim Essen von Milchprodukten kann man so schnell keine Osteoporose bekommen, wird immer gesagt.

Der Professor nahm sich anschließend noch genug Zeit, baute mich ein wenig auf und gab mir damit wieder Selbstvertrauen. Weiter erklärte er mir, wie ich mit der Krankheit in Zukunft umgehen solle und zeigte uns auf einer Übersichtstafel, welche Arten von Leukämie bis zum heutigen Wissensstand bekannt sind.

Man würde vier Formen der Leukämie unterscheiden, nämlich ALL, AML, CML und CLL. Welche Art man bei mir feststellen wird, müssten wir abwarten. Die Untersuchung im Labor der Universität dauerte so ca. zwei bis drei Wochen. Erst danach könne er mir mit absoluter Sicherheit sagen, welche Form der Leukämie ich habe. Dann meinte er noch, wenn ich Glück hätte, wäre es nur CLL. Das musste er mir dann genau erklären.

CLL sei eine chronische Leukämie, die man so einfach mit Medikamenten nicht behandeln kann und soll. Ich wollte natürlich von ihm wissen, wie ich mich denn jetzt und in naher Zukunft verhalten soll, ob ich meinen Speiseplan ändern oder auf bestimmte Sachen verzichten soll.

Ob ich bestimmte Regionen oder Länder auf dieser Erde meiden soll? Da mein Immunsystem durch den Krebs geschwächt sei, rät er mir ab in fernöstliche und südliche Gebiete zu reisen in denen die hygienischen Voraussetzungen nicht die besten seien, denn durch das geschwächte Immunsystem wäre ich sehr schnell anfällig für Krankheiten aller Art.

Auf meine Frage, wie es denn mit USA aussehen würde, konnte er mir keine Antwort geben, denn dort war er noch nie. Da konnte ich ihn beruhigen, denn die Orte, in denen wir bisher waren, sind in den Vereinigten Staaten fast so keimfrei wie nirgends auf der Welt.

Mehr könnte er im Augenblick nicht für mich tun, und meinte, wir sollten das Ergebnis der Uni abwarten. Geduldig war ich ja schon immer und warten machte mir auch nichts aus, nur dieses zermürbende Warten auf ein Krankheitsergebnis war etwas ganz anderes.

In meiner Not wollte ich unbedingt mit meiner Zwillingsschwester sprechen und ihr die Hiobsbotschaft mitteilen. Als ich sie in Vancouver erreichte und ihr sagte, dass ich wohl Krebs hätte, war sie geschockt. Sie wollte mir sofort helfen in dem sie mir ihre Knochenmarksspende anbot. Mary meinte sie wäre der geeignete Spender in diesem Fall.

Ich fand es toll, dass sie sich spontan für eine Spende entschied, wollte aber vorher noch meinen Bruder fragen, was er dazu sagt. Am nächsten Tag traf ich ihn zufällig vor einem Einkaufsmarkt. Von meiner plötzlichen Krebserkrankung berichtete ich ihm ganz vorsichtig, und sagte ihm auch, dass ich erst die Labor-Untersuchung der Universität abwarten muss um Gewissheit zu haben.

Ich versuchte ihm zu erklären, dass vielleicht eine Knochenmarkspende helfen könnte, wenn es denn so wäre. Ich schaute in sein Gesicht, konnte aber darin nichts erkennen, keine Reaktion und kein Mitgefühl. Eigentlich hatten wir immer gehört, dass der nächste Verwandte geeignet sein könnte eine Knochenmarkspende abzugeben.

Mein Bruder hatte natürlich den Wink mit dem Zaunpfahl nicht verstanden. Er machte überhaupt keine Anstalten sich anzubieten und tat so, als hätte er nichts gehört. Ein seltsamer Kauz war er ja immer schon. Früher als wir noch Kinder waren, konnten wir vieles gemeinsam machen und hatten dabei sogar auch noch Spaß miteinander, doch seit dem er verheiratet ist, bestimmt seine Frau sein Leben. Für mich ist das unerklärlich, wie er sich so von ihr unterbuttern lässt. Aber Gott sei Dank muss er und nicht ich mit ihr leben.

Der nächste Tag begann turbulent. Ich bekam um neun Uhr morgens einen Anruf von meiner Schwester: „Hi, ich bin hier in Düsseldorf am Flughafen, kannst du mich abholen?"

Meine Frau schaute mich erwartungsvoll an und ich hörte sie fragen: „Was, was ist los, wer war das?“ Sie schaute in mein ratloses Gesicht und forderte mich auf, endlich zu antworten. Ich aber wusste vor Überraschung gar nicht was ich sagen sollte.

„Ich muss sofort zum Flughafen, Mary abholen“, stammelte ich. „Wie, Mary, wieso Flughafen? Du willst doch nicht sagen, Mary ist hier in Düsseldorf?“, fragte Britt.

Beide machten wir uns schnell startklar und fuhren sofort zum Flughafen Düsseldorf. Ich hatte vergessen, während des Telefongesprächs mit Mary, zu sagen, dass ich komme. Aber für sie stand das genau so fest wie für mich.

Die Gelegenheit seine Zwillingsschwester in Deutschland begrüßen zu können, würde ich nicht vorbei gehen lassen. Sie wartete einfach bis ich dort war.

Als wir nach ungefähr einer Stunde Fahrt am Flughafen vorfuhren, sahen wir sie schon von weitem. Mary hatte sich so positioniert, dass wir sie gar nicht übersehen konnten. Wir fielen uns vor Freude in die Arme, verstauten ihr Gepäck und ab ging es Richtung Heimat.

Auf der Fahrt wollte Mary von mir genau wissen, wie der Stand der Dinge sei. Die Diagnose Krebs hat sie umgehauen, genau wie mich. Wir berichteten ihr wie es begann, im Augenblick aber noch nicht genau wissen, welche Form der Leukämie es ist.

Sie hat in Kanada alles stehen und liegen lassen, sich Hals über Kopf von ihrer Familie verabschiedet, die Firma angerufen und den nächsten Flug nach Düsseldorf genommen.

Mary sagte ihrer Familie auch gleich, sie wisse nicht genau, wann sie wieder zurück sei, denn wenn sie für eine Knochenmarksspende benötigt würde sie nicht wüsste, wann diese Knochenmarksspende durchgeführt werden könne und sie wolle auf jeden Fall dafür zur Verfügung stehen. Das sei ihr sehr wichtig. Sie meinte, das gehöre einfach mit zu ihrem neuen Leben und dem Zwillingsbruder. So glücklich mir helfen zu können, wäre sie zuletzt bei der Geburt ihrer Kinder gewesen.

Während unserer Fahrt konnten wir ihr alles berichten. Wir sagten ihr mit viel Glück brauchte ich weder Chemo noch Knochenmarksspende. Sie meinte das wäre ja super und falls doch, dann sei sie ja zur Stelle. Auf die Frage, ob wir wüssten, ob es einen Auslöser für die Erkrankung gebe, konnte ich ihr nicht sofort antworten.

Das machte mich allerdings sehr nachdenklich und vor meinem geistigen Auge sah ich die Bilder der Blutuntersuchung in der Duisburger Klinik, für mein Gutachten vom Betriebsunfall.

Sind das vielleicht jetzt die Folgen der Virusinjektion die sie mir vor vielen Jahren gaben? Dr. Pavel Schweidt hat damals nach der Blutuntersuchung gesagt, dass für das Ansteigen der Leukozyten nur die Virusinjektion verantwortlich sei. Meine Abwehrkräfte sollen auf natürlichem Weg dafür sorgen, dass der Krebs von innen her besiegt wird. Es stellte sich aber jetzt heraus, dass mein Immunsystem erheblich geschädigt ist.

Wenn das wirklich so sein sollte, dass ich durch diese Manipulation Krebs bekommen habe, dachte ich, dann kann sich aber die Berufsgenossenschaft und die „geheime Gruppe" in der Landesregierung sowie Ärztekammer und Pharmaunternehmen warm anziehen.

Ich habe doch eine Rechtsschutzversicherung, dachte ich mir, dann suche ich mir einen guten Anwalt und werde sie alle verklagen. Dann will ich doch einmal sehen, ob diese Schweinerei wieder unter den Teppich gekehrt wird, oder ob ich endlich mein Recht bekomme und eine Entschädigung.

Ein solches Verbrechen an den Menschen, sie als Versuchskaninchen für ihre Zwecke zu missbrauchen, muss bestraft werden! Ob mir die Klage aber mein normales Leben zurück bringen würde, bezweifelte ich. Nur einfach so aufgeben, nein, ich nicht.

Jeder Tag des Wartens hatte nicht mehr als vierundzwanzig Stunden, aber für mich waren es gefühlte achtundvierzig Stunden. Als wir Mary nach ein paar Tagen erklärten, es könne noch so zwei Wochen dauern, bis wir einen genauen Bescheid bekommen, meinte sie, so lange könne sie nicht bleiben, Familie und Firma brauchen sie. Sie kommt aber sofort wieder, wenn wir es genau wissen. Ich wollte sie wieder nach Düsseldorf bringen, doch sie entschied sich ein Taxi zu nehmen, verabschiedete sich und sagte: „See you soon!“

Wir riefen jeden Tag im Krankenhaus an um zu hören ob das Ergebnis der Untersuchung vorliegt wurden aber wieder auf den nächsten Tag vertröstet. Langsam verzweifelten wir und die Gedanken rasten durch meinen Kopf, aber einfach nicht mehr daran zu denken, war schier unmöglich. Die Ungewissheit sägte an unseren Nerven. Was passiert, wenn die vernichtende Prognose Krebs wirklich zutrifft?

Nach mir unendlich erscheinenden drei Wochen, die alles erlösende Nachricht. Wir fuhren ins Krankenhaus und warteten dort ungeduldig auf den Professor.

Ja „ich habe Krebs", das wurde mir heute bestätigt. Glücklicherweise aber nur eine leichte Form von Leukämie, nämlich Chronisch Lymphatische Leukämie, kurz CLL.

Der Professor machte eine für mich sehr beruhigenden Aussage: „Ich habe einige Patienten, die auch CLL haben und damit bisher gut leben können. Es ist einer darunter, da sind die Leukozyten bei 40.000. Damit lebt er schon mehr als zehn Jahre.

Wenn bei ihnen die Anzahl der Leukozyten nicht sprunghaft auf ca. 80 000 oder höher ansteigt, können wir gar nichts machen. Erst wenn das eintrifft, müssen wir sie mit einer Chemotherapie wieder herunter bringen. Sie können ganz beruhigt sein, dabei können sie ein normales Leben führen und vielleicht ein ganz normales Alter erreichen." Fazit: Keine Knochenmarktransplantation! Für heute ist das erst einmal genug, meinte der Professor, machte aber einen neuen Termin mit uns aus, um weitere Verhaltensregeln mit uns zu besprechen. Das sei sehr wichtig und er habe da auch noch eine Idee, die er vorher noch recherchieren will.

Wir verabschiedeten uns und verließen das Krankenhaus. Draußen vor dem Krankenhaus brach die ganze Anspannung aus mir heraus. Ich zitterte, meine Lippen bebten und unter Tränen konnte ich nur leise stammeln: „Britt, ich kann leben!"

Wir fielen uns in die Arme und ich sah das Gesicht meiner Frau. Auch sie konnte ihre Tränen nicht mehr verbergen. Langsam, ganz langsam merkte ich wie sich mein Inneres beruhigte und die wochenlange Anspannung von mir wich.

Wir fuhren heim. Dort nahm meine Frau erst einmal den Telefonhörer in die Hand und rief unsere Söhne an. Während sie ihnen schonend mitteilte, dass ihr Vater Krebs hat, beruhigte sie unsere Söhne gleichzeitig wieder, als sie erklärte dass es die leichteste Form der Leukämie sei und Vater damit ganz normal weiterleben könne, wenn er etwas Glück hat.

Ich bildete mir ein, zu hören dass beiden ein Felsbrocken von ihren Herzen gefallen ist. Sie waren aber natürlich geschockt, das sagten sie ganz offen und wollten sofort zu uns kommen. Ich weiß, sie wollten sich erst überzeugen ob das auch wirklich so war.

Ich kenne doch meine Kinder und weiß genau wie sie reagieren. Die Fahrt zu uns konnten wir ihnen ausreden, sie hatten doch ihre Arbeit und wenig Zeit.

Wir mussten uns selbst jetzt auf diese neue Situation einstellen. In der Zwischenzeit besuchte ich diverse Internetseiten um mich schlau zu machen, was die CLL genau ist und welche Auswirkungen sie hat. Sogar in einem Krebsforum meldete ich mich an um mehr von Betroffenen zu erfahren. Das sind dann wohl diejenigen, die mir helfen könnten mit der neuen Situation umzugehen, meinte ich. War aber nicht so, die Berichte zogen mich nur noch mehr runter.

Mit meinem behandelnden Professor trafen wir uns einige Tage später wieder in seiner Praxis. Er hatte sich so seine Gedanken gemacht über mein Berufsleben und wollte wissen, ob ich viel mit Chemikalien wie Nitrolacken oder ähnlichen Lösungsmitteln zu tun hatte.

Das konnte ich bestätigen, denn als Buchdrucker musste ich mehrmals am Tag das Farbwerk der Druckmaschinen reinigen für einen neuen Farbgang. Auch die Drucktücher und Offsetplatten mussten mit diesen Lösungsmitteln gereinigt werden. Für die Reinigung brauchte ich Walzenwaschmittel, Formenwaschmittel und spezielle stark reinigende Flüssigkeiten wie Nitrolösungen usw.

Genau über diese Mittel hatte sich der Professor erkundigt und kam zu der Überzeugung, dass diese Mittel mit ein Grund für die CLL sein können. Beweisen konnte er das nicht, er sah sich aber in der Pflicht, diese CLL-Erkrankung der Berufsgenossenschaft zu melden und sogar der Ärztekammer. Er gab mir auch den Rat, einen Antrag bei der Berufsgenossenschaft zu stellen mit dem Hinweis, dass es eine Berufskrankheit sei und sie zur Entschädigungszahlung verpflichtet sei. Er erklärte sich bereit, wenn es wirklich zu einem Streitfall kommen sollte, mir mit seiner Erfahrung zur Seite zu stehen. Daraufhin stellte ich unverzüglich bei der Berufsgenossenschaft den Antrag die CLL als Berufskrankheit anzuerkennen.

Von der damaligen Virusinjektion wollte ich vorerst noch nichts sagen. Ich erhoffte mir aber, wenn die Berufskrankheit nicht anerkannt würde, dass ich die Untersuchung in der Duisburger Klinik durch Dr. Pavel Schweidt vorbringen könnte, um zu beweisen, dass eine Manipulation stattgefunden hat.

Kaum hatte ich den Antrag auf Anerkennung der Berufskrankheit gestellt, brach eine sehr nervenaufreibende Zeit an. Ich wurde mit Fragen über meinen beruflichen Werdegang praktisch bombardiert. Alle möglichen Ärzte mit denen ich in meinem Leben je Kontakt hatte, wurden angeschrieben und zur Herausgabe ihrer Untersuchungsunterlagen aufgefordert. Ein von der Berufsgenossenschaft bestellter Gutachter kam zu mir in die Wohnung und ich sollte ihm meinen beruflichen Werdegang fast minuziös darlegen.

Zum Glück hatte ich noch Disketten, die ich als Kopien vom Arbeitsablauf erstellt hatte. Damit konnte ich nachweisen, welche Chemikalien und in welcher Anzahl und in welchem Zeitraum diese bestellt und verbraucht wurden.

Die Betriebe in denen ich gearbeitet hatte wurden angeschrieben. Die Arbeitsräume musste ich beschreiben und die genauen Arbeitsabwicklungen. Sogar die Quadratmeterzahl wollten sie von mir wissen.

Der Gutachter versuchte das herunterzuspielen, in dem er es abtat, es war nicht wichtig. Das ist nicht Grund genug für eine Anerkennung. Nach einigen Wochen bekam ich den ablehnenden Bescheid der Berufsgenossenschaft, worauf ich sofort Widerspruch einlegte. Ich wollte Klarheit haben über die entsprechenden Untersuchungsergebnisse. Es dauerte eine ganze Weile, dann konnte ich Einsicht nehmen beim Sozialgericht in der Nachbarstadt.

Von den wichtigsten Schreiben machte ich mir Kopien und dabei stellte ich fest, dass die Berufsgenossenschaft mein gesamtes Leben hinterfragt und sogar meine gesamte Familie einbezogen hatte. Wie viel Kinder ich hatte, wann sie krank waren und woran sie erkrankten usw. Dass ich erfolgreich die Meisterschule abgeschlossen habe und eine Kopie des Meisterbriefes war auch in der Akte.

Für vieles habe ich ja Verständnis, doch das hier ging eindeutig zu weit. Es waren meine Privatangelegenheiten, die niemanden etwas angehen. Was das mit meiner CLL zu tun haben sollte, konnte ich mir nicht erklären.

Es nutzte aber nichts, mein Antrag wurde endgültig abgelehnt mit der Begründung CLL sei keine anerkannte Berufskrankheit. Die Berufsgenossenschaft stellte mir frei nochmals ein Gutachten erstellen zu lassen bei einem von ihr zugelassenen Gutachter. Eine andere Möglichkeit hätte ich noch, indem ich einen von mir frei gewählten Gutachter mit einem neuen Gutachten beauftragte, der dann allerdings von mir bezahlt werden sollte.

Für mich stand eindeutig fest, dass ein Gutachter der Berufsgenossenschaft ein neues Gutachten bestimmt nicht zu meinem Vorteil machte. Um aber ein Privatgutachten erstellen zu lassen fehlte mir das nötige Kleingeld, ich sah aber auch keinen Sinn mehr darin. Ich habe mich genau erkundigt und recherchiert, dass die CLL zu diesem Zeitpunkt tatsächlich keine anerkannte Berufskrankheit war. Folglich ließ ich die ganze Sache ruhen, aber mit Wut im Bauch.

Meine Gedanken ließen mich aber nicht zur Ruhe kommen. Immer und immer wieder dachte ich daran, dass man mir nach meinem Betriebsunfall einen Virus injiziert hatte. Wie Dr. Pavel Schweidt mir damals erklärte, sollte dadurch mein Körper nach und nach mit der Selbstheilung beginnen. Irgendwann sollte doch dieser Selbstheilungsprozess beginnen, nur davon keine Spur, nichts geschah.

Im Gegenteil, die Anzahl der Leukozyten stieg bedrohlich an. In hundert Jahren brauche ich das alles nicht mehr.

Ich wurde immer wütender! Erst hatte ich meinem Betriebsunfall danach die Beschwerde aber es wurde einfach alles ignoriert. Jetzt, fast dreißig Jahre später, wurde meine CLL als Berufskrankheit nicht anerkannt. Eine Schweinerei ist das für mich!

Da meine Wut nicht endete, kam ich auf die Idee den untersuchenden Arzt der damaligen Duisburger Klinik, Herrn Dr. Pavel Schweidt ausfindig zu machen. Vielleicht war es der einzige Weg mit seiner Hilfe das Verbrechen an mir aufzudecken.

Möglich wäre ja auch, dass Dr. Pavel Schweidt heute nicht mehr unter dem Einfluss der Berufsgenossenschaft, der Landesregierung oder der Ärztekammer steht. Vielleicht würde er mir helfen eine Klage zu erarbeiten um diesen verbrecherischen Unternehmen zu zeigen, dass sie damit nicht durchkommen!

Ich wusste zwar nicht, ob Dr. Pavel Schweidt noch in dem gleichen Krankenhaus in Duisburg-Wedau arbeitete, hoffte es aber. Deshalb telefonierte ich mit dem Krankenhaus, wobei ich dann erfahren musste, dass Dr. Pavel Schweidt vor Jahren in seine tschechische Heimat zurückgegangen sei.

Nach vielen intensiven Nachforschungen im Internet konnte ich ihn dann ausfindig machen. Er arbeitete in Marienbad in Tschechien in einer angesehenen Kurklinik. Ich war richtig froh ihn gefunden zu haben.

Auf der web-site der Klinik fand ich seine mail-Adresse und sandte ihm eine mail mit einem Bild, in der ich ihm den Fall von damals schilderte, als er das Gutachten erstellte. Dabei hoffte ich, dass Dr. Pavel Schweidt wenn ich ihm ein Bild von mir beifügen würde, sich an mich erinnerte. Tage später bekam ich Antwort und er lud mich ein, ihn in Marienbad zu besuchen. Seine Einladung nahmen wir gerne an und fuhren zwei Wochen später dort hin.

Ich hätte die ganze Angelegenheit auch telefonisch oder per mail mit ihm besprochen. Wir waren beide der Meinung, dass es doch besser sei vor Ort mit ihm zu reden. Vielleicht können wir ihn dazu überreden uns bei der Klage zu helfen. Vor über 30 Jahren waren wir schon einmal in der Tschechoslowakei und machten eine Rundreise.

Dabei besuchten wir die Orte Marienbad, Karlsbad, Pilsen, und Prag auf dem Weg Richtung Österreich. Auf die Fahrt nach Marienbad freuten wir uns deshalb sehr, denn heute gab es keine Grenzkontrollen mehr. Da gehörte die Tschechoslowakei noch zum Warschauer Pakt und an der Grenze sind wir akribisch kontrolliert worden.

Marienbad war immer schon eine sehr schöne Stadt und die Gegend gefiel uns sehr. Jetzt aber, da der „Eiserne Vorhang" nicht mehr da war, versprachen wir uns einiges von der neuen Tschechoslowakei und von der Einladung.

Es war nicht so einfach Dr. Pavel Schweidt im Klinikum zu treffen. Die Kurklinik war sehr groß, wir aber hatten ja einen Termin und ließen ihn deshalb ausrufen. Es dauerte auch nicht sehr lange und Dr. Pavel Schweidt stand vor uns. Er lud uns ein mit ihm einen Cappuccino in der Cafeteria zu trinken, dort wären wir sicher ungestört und könnten reden. Dabei sah er sich immer wieder vorsichtig um.

Das machte mich dann doch stutzig, wollte er vielleicht mit uns heimlich über die Sache von Duisburg reden? Hat er immer noch Angst? Ich dachte die Sache sei erledigt, er hatte doch auch kurz danach seinen Titel bekommen.

Hoffentlich ist unsere Reise nach Marienbad kein Reinfall! Darauf angesprochen meinte er, es sei schon alles in Ordnung, nur in der Klinik muss ja nicht jeder mitbekommen was mir mit der Virusinjektion passiert sei.

Aber gerade darauf wollte ich doch bei diesem Treffen hinaus. Ich wollte eigentlich von ihm wissen, ob er in den letzten Jahren schon von einem Fall gehört hat bei dem eine Heilung durch das betreffende Virus zustande gekommen sei. Da Dr. Pavel Schweidt die Schweinerei damals angezeigt hatte, verfolgte er die Virusgeschichte die letzten Jahre hindurch genauestens, kam aber zu keinem wirklich befriedigenden Ergebnis. Er hatte in den nationalen und internationalen Ärzteberichten, Veröffentlichungen einiger Pharmaunternehmen noch nie etwas von einem Erfolg dieser Virusgeschichte gelesen, geschweige denn gehört. Wenn es ein Erfolg geworden wäre, hätte das betroffene Pharmaunternehmen es bestimmt publiziert, dann würde es ja davon profitieren.

Durch einen Impfstoff oder durch entsprechende Tabletten, die die Leukämie bekämpften, wäre das Pharmaunternehmen noch reicher geworden und hätte als erste Firma ein Mittel gegen Krebs gefunden. Aber es war wohl nicht so.

Das bestärkte meine Meinung, dass der Versuch mit dem Virus illegal war und somit ein Verbrechen. Die gleiche Ansicht vertrat auch Dr. Pavel Schweidt. Er wusste nur leider nicht wie er gegen so starke Institutionen wie die Berufsgenossenschaft, das Pharmaunternehmen oder eine Landesregierung vorgehen könne.

Von dem Augenblick an in dem er sich damals beschwerte und die Ärztekammer informierte, hörte er nie wieder etwas davon. Man hatte ihm auch geraten, sich in seiner Heimat eine Stellung als Arzt zu suchen, in der Bundesrepublik sei er nicht weiter erwünscht. Diesen Rauswurf hat er sich zu Herzen genommen und war damals über Nacht nach Marienbad gegangen. Das war noch vor der Wiedervereinigung und die Gesetze seines Landes waren nicht so schlimm und drastisch wie die in Deutschland. Nur in seiner Heimat konnte er als Arzt unbehelligt arbeiten.

Ihn ärgerte es aber die ganzen Jahre schon, dass sich noch niemand darüber beschwert und die Schweinerei nie aufgedeckt wurde. Deshalb war er froh endlich mit einem Betroffenen darüber zu reden.

Nur ein wirklich Betroffener, also „Infizierter" könne die fiesen Machenschaften der Unternehmen aufdecken. Er wollte dann von mir wissen, ob ich noch die Unterlagen der Untersuchung und die Blutuntersuchung sowie das Gutachten, sein Gutachten, hätte. In weiser Voraussicht dass er es sehen wolle, hatte ich natürlich das Gutachten mitgebracht. Da huschte ein zufriedenes Lächeln über sein Gesicht. Er sagte uns dass nichts von dem was er in der Duisburger Klinik entdeckt hat, öffentlich geworden sei.

Seit einigen Jahren versuche er immer mal wieder mit dem Krankenhaus in Kontakt zu gelangen, doch alle Versuche verliefen im Sande. Anscheinend wollten sie ihn dort nicht kennen. An Hand einiger Briefe und Gehaltsbelege kann er aber beweisen, dass er dort in der besagten Zeit gearbeitet hat. Auch mit Kollegen, die mit ihm zusammen gearbeitet haben versuchte er seit geraumer Zeit Kontakt aufzunehmen, doch auch diese verleugneten ihn. Oder wollten mit ihm nicht in Verbindung gebracht und von ihm behelligt werden.

Vielleicht hatten einige Kollegen von seinem Gutachten und Ergebnis seiner damaligen Untersuchung doch Kenntnis? Möglich wäre auch, dass Dr. Pavel Schweidt mit ihnen darüber gesprochen hatte, oder sie durch Zufall die Untersuchungsergebnisse gesehen haben.

Sie hatten in der Vergangenheit vielleicht Angst davor, dass ihnen das gleiche Schicksal drohte wie damals ihrem Kollegen. So ließen sie es lieber dabei nicht darüber zu reden. Sie ahnten wohl, dass einige der jungen Ärzte bestochen oder erpresst wurden!

Niemand wollte seinen Job auf's Spiel setzen. Deshalb distanzierten sie sich auch von ihm. Mit mir sah Dr. Pavel Schweidt jetzt endlich die Gelegenheit, sich für seinen Rauswurf an der Ärztekammer zu rächen. Den ganz Großen konnte er sowieso nichts anhaben, dachte er. Aber die Ärztekammer, die unter Zwang ihn hatte entlassen müssen, sollte seine Rache zu spüren bekommen.

Nach diesen Gesprächen in der Klinik verabredeten wir uns und wollten am nächsten Tag die Angelegenheit in seiner Wohnung weiter besprechen. Wir fuhren in unser Hotel zurück, das wir von Deutschland in Karlsbad, einer nahegelegenen Kurstadt, gebucht hatten.

Dr. Pavel Schweidt wohnte auch in Karlsbad, so war es einfach vor Ort mit ihm zusammenzuarbeiten. Zwei Tage hatte er sich dafür frei genommen. Gemeinsam setzten wir ein Schreiben auf mit dem wir die entsprechende Berufsgenossenschaft, das Pharmaunternehmen und die Landesregierung zwingen wollten, endlich diese „Virusschweinerei" zuzugeben.

Er hatte die große Hoffnung, wenn es endlich an die Öffentlichkeit gelangen würde, müsse auch die Ärztekammer sich dazu bekennen und er wäre rehabilitiert.

Wir vereinbarten, falls keines dieser in die Sache verwickelten Unternehmen auf unser Schreiben reagiert und mit der Wahrheit herausrückt, wir uns an die deutsche Presse wenden und denen unsere Unterlagen zur Verfügung stellen wollen. Die entsprechenden Schreiben unterzeichneten wir dann gemeinsam und nahmen sie mit nach Deutschland, um sie von dort den Unternehmen zuzustellen.

Vorerst blieben wir mit Dr. Pavel Schweidt in telefonischem Kontakt. Wir wussten ja nicht wie lange es dauern würde bis die ersten Reaktionen zu spüren waren, oder ob es überhaupt zu Reaktionen der betroffenen Unternehmen kommt.

Einfach diese stichhaltigen Beweise zu ignorieren, das konnten wir uns beim besten Willen nicht vorstellen. Sollten sie es wirklich darauf ankommen lassen, uns mit diesen Enthüllungen an die Presse gehen zu lassen? Das glaubte und wollte ich mir nicht vorstellen. Der Imageverlust des Pharmaunternehmens wäre zu groß.

Die Berufsgenossenschaft hatte damit bestimmt keine Probleme, denn ich wusste aus meiner früheren Tätigkeit als Betriebsleiter einer Druckerei, dass man so manches mit denen ausmachen konnte.

Die Landesregierung war eigentlich außen vor. Beschlüsse solcher Art mit einem Pharmaunternehmen und einer Berufsgenossenschaft waren bestimmt nicht mit normalen Angestellten geschlossen und vereinbart. Dazu gehören schon Politiker, Politiker ohne Skrupel. Und wann hat schon jemals ein Politiker die Wahrheit gesagt oder das gehalten, was er uns vor einer Wahl versprochen hat? Mir fällt da niemand ein!

Wir schickten dann je ein Schreiben mit der Post an die entsprechende Berufsgenossenschaft, das involvierte Pharmaunternehmen und an die Ärztekammer. Extra mit der Post schickten wir die Schreiben, weil wir hofften, dass Schreiben an die Geschäftsführung oder die Vorstände meistens von den Vorzimmerdamen oder Chef-Sekretärinnen geöffnet und vielleicht auch gelesen werden.

Das war Absicht, denn wenn einmal von einer Verdächtigung oder Anklage die Rede wäre, könnten die Sekretärinnen, bei aller Absprache und Verschwiegenheit, diese Neuigkeiten nicht einfach ignorieren.

Hinter vorgehaltener Hand würde bestimmt darüber geredet, und die entsprechenden Stellen bekämen sehr schnell Wind davon. Sie müssten sofort dem Verdacht nachgehen um sich davon zu distanzieren und natürlich auch rehabilitieren, wenn es nicht der Wahrheit entspräche.

Das war unsere große Hoffnung, dass dadurch endlich die Wahrheit ans Licht kommen würde. In dem Gespräch mit Dr. Pavel Schweidt wurden wir auch gefragt, ob es keine Möglichkeit gäbe herauszubekommen wer in der Landesregierung diesen verbrecherischen Einfall hatte und welches Unternehmen dahinter steckt.

Spontan fiel mir niemand ein, den ich hätte fragen können. Aber ich erinnerte mich an meine Jugend, da kannte ich aus meiner Schulzeit einen Jungen, der früher nur einige Häuser entfernt von uns lebte und der später in die Politik ging.

Schon seit vielen Jahren ist er in der Landesregierung als Abgeordneter. Kontakt hatte ich in all den Jahren kaum mit ihm, wenn wir uns mal begegneten, wurden einige Worte gewechselt wie: „Wie geht's?, alles noch ok?, lange nicht gesehen!, Hauptsache gesund und munter!" Der übliche Small-Talk.

Mehr war da nicht, nur das übliche Bla Bla. Aber, ich hatte wirklich Respekt vor ihm. In den vielen Jahren hörte ich von ihm, dass er sich als Abgeordneter im Landtag für Gerechtigkeit einsetzt. Sein Name war Hannes und er hat es schon oft fertig gebracht einen Untersuchungsausschuss einzuberufen wenn es wieder mal um Ungerechtigkeiten oder Verfehlungen von Abgeordneten ging. Dafür hat man ihm sogar einen Spitznahmen gegeben: Hannes Eisenherz. Auf diesen Hannes Eisenherz setzte ich jetzt meine ganzen Hoffnungen.

Im Telefonverzeichnis unserer Stadt suchte ich nach seiner Telefonnummer. Einen Eintrag über ihn gab es nicht, allerdings fand ich dabei die Nummer seiner Schwester. Auch sie kannte ich von der Volksschule. Ich rief sie an, stellte mich vor und am anderen Ende hörte ich: „Ach, der Manni!"

Beim besten Willen konnte ich mir nicht vorstellen, dass sie mich noch auf ihrer Festplatte hatte.

Ich versuchte mir vorzustellen, wie sie aussah, wusste aber dass ich noch nie ein Wort mit ihr gewechselt habe.

„Kennst mich wohl nicht mehr?", hörte ich sie fragen, „ich war auch bei den Pfadfindern, du warst doch dabei, als ihr uns damals aus dem Zeltlager mitten in der Nacht in Groß-Reken die Flagge geklaut habt!"

Das kann nicht wahr sein! Trifft man jemanden von früher, wird einem immer dieselbe Geschichte auf`s Butterbrot geschmiert. Dabei war das vor so langer Zeit. Ich erinnere mich gar nicht mehr richtig!

Vor Jahren, als meine Frau ihr Klassentreffen hatte und ich sie abends abholte, traf ich in der Kneipe am Tresen ihre Mitschülerin die mich ebenfalls kannte, auch in diesem bewussten Zeltlager war und mir die gleiche Geschichte erzählte. Bei dieser nächtlichen Aktion in Groß-Reken war damals ein Pfadfinder aus unserer Sippe, der den Spitznamen: „Motek" hatte. An den erinnerte sie mich und fragte mich: „Kennst du noch Motek?", und sagte dann: „glaub es oder nicht, Motek ist mein Mann. Den Motek, der uns damals den Wimpel geklaut hat habe ich geheiratet, jetzt ist es vorbei mit seinen Flausen!"

Von Zeit zu Zeit werden mir ähnliche Erinnerungen aufgetischt wenn ich jemanden aus meiner Jugend treffe. Nur an die Schwester von Eisenherz konnte ich mich nicht mehr erinnern. Sie sagte mir dann aber, dass ihr Bruder eine Geheimnummer habe als Landtagsabgeordneter.

Wenn ich ihr verspräche seine Telefonnummer an niemanden weiter zu geben, würde sie sie mir geben. Natürlich versprach ich es. „Pfadfinder Ehrenwort" versicherte ich ihr. Sie meinte dann noch, wenn du Hannes sprechen willst, ist es am besten einen Termin mit seiner Sekretärin auszumachen, denn er ist viel beschäftigt und in seiner Freizeit will er nicht gestört werden. Das konnte ich verstehen. Am nächsten Tag rief ich die Geheimnummer an, wurde aber mit den Worten abgetan: „Mein Chef ist nicht im Hause!"

Nicht mit mir dachte ich, ich werde dich schon noch ans Telefon bekommen. Hartnäckig und penetrant konnte ich sein, ich versuchte es immer wieder, bis ich ihm nach etlichen Versuchen auf den AB sprechen konnte.

Auf dem AB habe ich Hannes eine Nachricht hinterlassen. Und was ich nicht für möglich gehalten habe, er rief noch am selben Abend zurück und wir verabredeten uns für das Wochenende. Er wollte von mir nur kurz wissen was ich denn von ihm wolle und wieso ausgerechnet von ihm. Ich deutete nur an es sei eine verdammt wichtige Sache über die ich lieber persönlich mit ihm reden würde, es könne einige seiner Kollegen im Parlament betreffen.

Als er das hörte, läuteten seine Alarmglocken! Er war sofort Feuer und Flamme! Schon am Wochenende trafen wir uns. Womit ich nicht gerechnet habe, er hatte ein Aufnahmegerät dabei. Ein so kleines Gerät, das kannte ich nur aus Kriminalfilmen oder bei den Geheimdiensten wenn es um heikle Angelegenheiten ging. Hannes wunderte sich über mich und erklärte mir, dass das „Ding" da, mit das Wichtigste in seinem Leben sei. Ohne das hätte man ihn schon öfter reinlegen wollen, aber damit kann er jedes Gespräch wiedergeben.

Wir unterhielten uns erst ganz locker über unsere Vergangenheit. Dann erzählte ich ihm meine Geschichte von Anfang an. Ich begann mit meinem Arbeitsunfall und der „Virusinjektion" im Krankenhaus, meinem Gutachten in Duisburg und von Dr. Pavel Schweidt, der das Verbrechen aufdeckte. Seine Augen wurden immer größer! Ich bat ihn dann Nachforschungen anzustellen, wer diese Anordnung gegeben hatte und wieso ein Pharmaunternehmen und eine Berufsgenossenschaft damit einverstanden waren.

Ich appellierte an seinen Spitznamen „Eisenherz". Ich habe ihn immer bewundert, weil er sich ohne Zögern für die Gerechtigkeit eingesetzt und auch sehr viele Missstände aufgedeckt hat.

Meine mit voller Absicht herbeigeführte Krebserkrankung darf doch nicht ohne Bestrafung der Verursacher unter den Tisch gekehrt werden. Die Verantwortlichen sollen ihrer gerechten Strafe nicht entgehen. Dass in diesem speziellen Fall sogar die Ärztekammer ihre Hände mit im Spiel und sich genauso strafbar gemacht hat wie alle anderen, kann doch nicht totgeschwiegen werden.

Es wurde ein langer, feucht-fröhlicher Abend! Wir plauderten über viele gemeinsame Erlebnisse aus der Jugend und stellten fest, dass wir eigentlich auf der gleichen Wellenlänge liegen. Hannes versprach sich darum zu kümmern und sobald er etwas in Erfahrung gebracht hat bei mir zu melden.

Das erste Mal seit langer Zeit konnte ich so richtig aufatmen. Vielleicht hatte ich jetzt endlich den Richtigen getroffen, der diese Schweinerei aufdecken kann. Meine Frau wollte natürlich genau wissen, was Hannes Eisenherz dazu gesagt hat und mit dieser Info machen will.

Auch sie war nach meiner Berichterstattung erleichtert und wir hofften, dass die Idee Hannes hinzuzuziehen richtig war. Hoffentlich hatten wir nicht auf's falsche Pferd gesetzt. Aber Hannes hat es eigentlich immer geschafft sich mit Hilfe des Untersuchungsausschusses durchzusetzen und die Schuldigen wurden bestraft. Manch einer verlor sein Landtagsmandat oder musste ins Gefängnis.

Die Zeit verging und nichts geschah. Ich brachte mich nochmals in Erinnerung, indem ich auf seinen AB sprach. Dann plötzlich, rief er mich an und bat um ein erneutes Treffen. Ich war so aufgeregt und bevor ich etwas fragen konnte, sagte er: „Da hast du mir ja etwas Schönes aufgehalst! Aber sei beruhigt, ich bin etwas weiter gekommen. Wenn das stimmt, dann rollen noch einige Köpfe.

Um dir das zu erklären muss ich um Jahre zurückgehen, in die Zeit als du deinen Arbeitsunfall hattest. Wir hatten im Parlament einen Politiker den wir schon mal vor den Untersuchungsausschuss zitiert hatten. Das Kuriose war, wir konnten ihn nicht festnageln und nichts beweisen. Er hatte seine Seilschaften immer hinter sich und die ließ uns abblitzen.

Einmal dachten wir, wir hätten ihn erwischt, es sah so aus als hätte er einen „Handel" mit einem Pharmaunternehmen gemacht, denn wie aus heiterem Himmel war bei ihm der Reichtum ausgebrochen. Nur von seinem Abgeordnetengehalt und Diäten konnte er sich keine Grundstücke und Anteile bei einigen dubiosen Firmen leisten. Wir wurden durch Beschwerden auf ihn aufmerksam und verfolgten die ganze Angelegenheit wirklich bis ins kleinste Detail. Bei den weiteren Recherchen entdeckten wir, dass ausgerechnet die Ärztekammer den entsprechenden Hinweis mit dem Pharmaunternehmen gegeben hatte. Das war ungewöhnlich und bestimmt nicht Sache der Ärztekammer.

Bei einem extra für ihn eingerichteten Untersuchungsausschuss stellte sich heraus, dass auf seinem Konto hohe Summen eingegangen waren. Bei Nachforschungen erfuhren wir, diese Gelder waren angeblich Zahlungen für Vorträge, die er im Auftrag eines Pharmaunternehmens gehalten hätte. Sein Publikum waren leitende Angestellte, die von seinen Ausführungen lernten, wie sie die Verteilung und Verbreitung ihrer

Produkte bei Ärzten und Krankenhäusern unkomplizierter als bisher gestalten könnten.“

Ich merkte Hannes an dass er sichtlich nervös war. Auf meine Frage, ob wir aufhören sollen, meinte er nur: „Nein lass mal gleich geht es mir wieder besser.“

Hannes war wirklich aufgeregt, so kannte ich ihn nicht! Ich wunderte mich sehr, wurde immer neugieriger und auch etwas nervös. Jetzt hatte ich mich voller Erwartung an ihn gewandt und durfte nun nicht aufgeben, denn sonst wäre ja alles umsonst gewesen.

„Wir konnten ihm nicht nachweisen“, sprach er weiter, „dass die Gelder nicht für Vorträge waren. Quittungen und Belege waren ordnungsgemäß verbucht. Wir haben auch nichts gefunden, was auf einen Medikamentenmissbrauch deutete. Das dachten wir erst, da der spezielle Hinweis über seinen plötzlichen Reichtum, seltsamerweise von der Ärztekammer kam, die sich eigentlich mit dem Pharmaunternehmen gut verstand.

Wir hatten auch Vertreter der Ärztekammer zu den Untersuchungen gebeten, dabei stellte sich heraus, dass sie „auf einmal“ nichts mehr von einer Verdächtigung wussten. Wir wollten die

Vertreter der Ärztekammer vereidigen, doch das ließ unsere Rechtsprechung nicht zu. So mussten wir nach langem Für und Wider leider den Menschen von allen Anschuldigungen freisprechen.

Wir hatten keine Beweise die belegten dass er in schmutzige Geschäfte verwickelt war. Und so kam er wieder einmal mit einem blauen Auge davon."

Ich sah Hannes an, dass er sich darüber ärgerte. „Ich hätte ihn so gerne verknackt", meinte er weiter, „aber jetzt mit diesen Beweisen werde ich ihn endlich zur Strecke bringen!

Lass mir noch etwas Zeit, dann krall ich mir diesen korrupten Typen und seine Gefolgschaft, wer auch immer dahinter steckt. Ich werde noch einige Freunde von mir mit ins Boot nehmen und sie wachrütteln, gemeinsam decken wir dieses Verbrechen hoffentlich auf!"

Damit verabschiedeten wir uns. Wir wollten in Verbindung bleiben. Tage später kam ein Anruf aus Karlsbad von meinem Dr. Pavel Schweidt. Er war ganz aufgeregt. Der Ärzteverband der Tschechei hatte ihn zu einem Gespräch geladen und gleichzeitig angedeutet, bei Nichterscheinen würden sie ihm seine Promotion entziehen.

Er wollte von mir wissen, was wir in meinem Fall schon unternommen haben. Ich berichtete ihm dass mein Bekannter in der Landesregierung sich meiner Sache angenommen hätte und auch schon einem dringenden Verdacht nachgegangen war und er jemanden im Auge hat. Nur war ihm bisher nicht beizukommen erklärte ich Dr. Pavel Schweidt.

Als er von mir den Namen (..........................) hörte stutzte er, machte eine Pause, so dass ich dachte er hätte aufgelegt. Doch dann hörte ich ihn sagen: „Sei sehr vorsichtig. Dieser (..........................) ist ein gerissener Hund. Ich habe schon so einiges über seine Unternehmen gehört. Er hat seine Hände überall drin. Einige seiner Hintermänner sind auch Ärzte."

Der Ärzteverband der Tschechei muss irgendwie davon Wind bekommen haben dass die deutsche Ärztekammer sich eingeschaltet hatte. Oder wurden sie sogar selber von ihr informiert? Anscheinend wussten sie aber mehr darüber, denn warum sollten sie sich gerade jetzt mit den Kollegen in der Tschechei in Verbindung setzen? Wieso ausgerechnet Tschechei? Und wieso Dr. Pavel Schweidt? Es muss wohl ein verdammt ausgeklügelter Plan dahinter gesteckt haben wenn ein Pharmaunternehmen, Abgeordnete der Landesregierung, eine der vielen Berufsgenossenschaften und sogar die Ärztekammer involviert waren. Und es muss wohl auch eine große Portion Frechheit darin stecken, sich solch ein Verbrechen auszudenken.

Aber bei Geld hört ja bekanntlich jede Freundschaft auf, und ich vermutete, dass in diesem Fall große Summen im Spiel waren. Jahrelang hatten alle den Mantel des Schweigens darüber gedeckt.

Jetzt, als ich Hannes Eisenherz von meinem Fall erzählte und er der Sache nachging, bekamen sie es sicherlich mit der Angst zu tun. Sie hatten doch die „Studie" so geheim gehalten! Dass jetzt plötzlich der „verhasste" Hannes Eisenherz sich der Sache annahm, passte ihnen gar nicht.

Nachdem ich Dr. Pavel Schweidt den bisherigen Verlauf geschildert hatte, war er erst einmal beruhigt. Wenn er bei der tschechischen Ärztekammer vorstellig war, würde er mir berichten was sie von ihm wollten.

Zeit verging, ich hatte nichts mehr von Hannes Eisenherz gehört. Deshalb rief ich ihn an, erreichte ihn wieder nicht. Das war mir dann egal, ich rief seine Schwester an, die mir dann glaubwürdig bestätigte, dass ihr Bruder sich eine kleine Auszeit genommen hat und seinem Hobby nachgeht.

Auf meine Frage, was das für ein Hobby sei, erfuhr ich dass Hannes, seit seiner Zeit bei der Bundeswehr als Fallschirmspringer, heute noch das Fallschirmspringen als Freizeitbeschäftigung betreibt. Jede freie Minute, die er sich von seiner Landtagstätigkeit abringen kann, nutzt er und betreibt diesen Sport, mit voller Leidenschaft und mit seinen Freunden aus der Springerschule. Davon hatte ich bisher keine Ahnung, wunderte mich aber, dass er bei seiner Tätigkeit überhaupt noch Zeit für ein Hobby aufbringen konnte. Hannes Schwester versprach mir aber, ihm von meinem Anruf zu berichten.

In der ganzen Aufregung hatte ich nicht mehr an meine Zwillingsschwester gedacht. Ich rief sie an und wollte ihr gerade berichten was bisher geschehen war, da merkte ich dass sie sauer auf mich war. Auf meine Frage was denn los sei, bekam ich zu hören: „Du fehlst mir einfach, ich habe so lange nichts von dir gehört. Kannst du mich nicht wenigstens einmal in der Woche anrufen? Dann wäre ich beruhigt und müsste mir keine Sorgen machen. Oder verlange ich zu viel von dir?“

Sie hatte ja Recht, ich habe mich zu sehr um meine eigene Angelegenheit gekümmert. Das wollte ich ändern und versprach es ihr dann hoch und heilig. Weiter wollte sie wissen wie die Anzahl meiner Leukozyten sei, ob sie schon gestiegen waren, was ich aber verneinte. Zur Zeit waren sie etwa bei 20 000.

Dann verriet ich ihr meinen Tick. Ich erzählte ihr, dass ich dagegen anging, indem ich in Gedanken jeden Tag mindestens einmal mit meinen roten Blutplättchen spreche und sie auffordere diese Parasiten, also die Leukozyten, zu vernichten. Das sei ihre Aufgabe, überall wo sie welche sehen und finden, müssen sie diese vernichten.

Ich wolle schließlich 110 Jahre alt werden und sie können dazu beitragen. Dann bedanke ich mich immer bei ihnen und erkläre, dass wir ja beide davon profitierten, und wünschte ihnen immer viel Glück bei der Vernichtungsaktion.

Mir fiel fast der Hörer aus der Hand als ich Mary an der anderen Strippe laut lachen hörte. Sie lachte und lachte und lachte. Auf meine Frage was denn los sei, meinte sie nur: „So etwas habe ich ja noch nie gehört, mein Bruder spricht mit seinen roten Blutplättchen und fordert sie auf seine weißen Blutkörperchen zu vernichten. Jetzt fehlt nur noch, dass sie dir auch antworten. Auf welche Weise lassen sie dich denn wissen, was sie bisher gemacht haben? Und wie dankst du es ihnen? Ich habe schon viel Verrücktes gehört, aber du übertriffst natürlich alles.“

Ich gab ihr Recht dass ich etwas verrückt sei, aber meine Art mit der Krebserkrankung umzugehen, hat sich bis jetzt für mich positiv ausgewirkt. Seit der Feststellung meiner CLL sind meine Blutwerte kaum verändert, die Anzahl der Leukozyten hatte sich sogar reduziert. Was will ich mehr? Das ist doch die Antwort.

Dann berichtete ich ihr von den Vorkommnissen mit Dr. Pavel Schweidt und was ich bisher mit meinem Bekannten in der Landesregierung erreicht habe. Mary hörte sich die ganze Geschichte an und hatte plötzlich eine Idee. Wir verabschiedeten uns, denn sie wolle mit einem Bekannten sprechen. Mehr erfuhr ich nicht von ihr. Sie wollte sich wieder bei mir melden sobald sie mehr wüsste.

Hannes Rückruf erreichte mich einige Tage später, er konnte mir noch nichts Neues sagen. Seine Vertrauten waren der Sache nachgegangen und steckten mitten in den Auswertungen. Sobald er etwas Konkretes hat, bin ich der erste, der benachrichtigt wird. Ich solle ihm vertrauen, bisher hat er noch immer die „Verbrecher" erwischt. „Warum, meinst du wohl haben sie mir den Spitznamen Eisenherz verliehen?", hörte ich ihn sagen.

Zwei Tage später warf Mary mich durch ihren Anruf aus dem Bett. Sie war ganz aufgeregt und berichtete mir von einem bekannten Arzt in Kanada, der sich auf alle Arten von Leukämie spezialisiert hätte.

Sein Name war Dr. Mirco Havel und gebürtiger Tscheche, lebte aber schon viele Jahre in der Provinz Ontario. Er sei Mitglied einer in Verbrecherkreisen unbeliebten Forschergruppe, die sich auf Unregelmäßigkeiten im Internet spezialisiert hat. Sie bat mich ihr meine Blutuntersuchungsergebnisse von damals zuzusenden.

Sie hat sich schon mit Dr. Mirco Havel unterhalten und ihm meine Geschichte erzählt. Sie meinte, dass sich Dr. Havel gerade für meinen Fall interessierte weil ein tschechischer Kollege dieses Verbrechen entdeckt hat.

Auf meine Frage woher Mary Dr. Mirco Havel kennen würde erfuhr ich von ihr, seit sie denken kann standen ihre Eltern mit Dr. Mirco Havel in

Verbindung, denn ihr Urgroßvater war schon in der Tschechei mit Dr. Mirco Havels Urgroßvater befreundet. Diese Freundschaft hatte sich in all den Jahren, auch während des Krieges gehalten. Ihr Name stamme ja schließlich auch aus der Tschechei und Marek und Havel seien zwei alte tschechische Namen, wie Meier und Müller in Deutschland.

Damit ihre Eltern damals überhaupt nach Kanada auswandern konnten, brauchten sie einen Bürgen sonst hätten sie niemals eine Aufenthaltsgenehmigung für Kanada bekommen. Und das war die Familie Havel.

Jetzt verstand ich auch wieso Mary mich mit dem Anruf aus dem Bett geholt, und sofort mit dieser Neuigkeit herausplatzte. Es war ihr wirklich sehr, sehr wichtig mir zu helfen. Ich konnte es noch gar nicht so richtig glauben, soll ich plötzlich wirklich Glück haben? Mir wurde abwechselnd heiß und kalt.

Natürlich kopierte ich die entsprechenden Seiten des Gutachtens von Dr. Pavel Schweidt und sandte sie Mary als word-file an ihre mail-Adresse. Sie war immer noch aufgeregt, versprach mir aber mich sofort zu kontaktieren, sobald sie eine Antwort von Dr. Mirco Havel bekommen hat. Dann erzählte sie mir noch mehr von dieser Forschergruppe. Eine geheime Gruppe von Medizinern, die es sich zur Aufgabe gemacht hat verbrecherische Machenschaften der Pharmaunternehmen weltweit aufzudecken und zu entlarven. Dabei müssen sie so geheim vorgehen wie die sogenannten Hacker um nicht sofort verhaftet zu werden.

Gerade in Kanada würde die Justiz mit allen Mittel versuchen diese Hackerbanden zu vernichten. Nur diese Gruppe will keine Computerverbrechen begehen, sondern Verbrechen aufdecken. In der Vergangenheit haben sie einige Fälle, indem ausschließlich Pharmaunternehmen involviert waren, aufgedeckt und für einen Riesen-Skandal in Kanada gesorgt.

Die großen kanadischen und auch amerikanischen Zeitungen haben mehrmals darüber berichtet. Deshalb wird diese Gruppe in der Bevölkerung immer mehr Achtung gewinnen. Sie haben auch Zulauf von Medizinstudenten, die sich im Internet und mit Computern gut auskennen und als Nebenfach med. Informatik studieren.

Sie haben es sich zur Aufgabe gemacht die IT-Technik für den medizinischen Bereich so weit zu entwickeln, dass jedwede Manipulation irgendwelcher Art sofort entdeckt und die entsprechenden Gegenmaßnahmen durch ihre Programme eingeleitet würden. Nur dadurch haben sie schon einige Versuche mit Computerviren, die sich in den Programmen einnisten wollten, erfolgreich abwehren können. Ihr oberstes Ziel sei aber der „verbrecherischen Pharmamaffia" das Handwerk zu legen.

Ein Anruf Hannes holte mich in die Gegenwart zurück. Er wollte mit einer Sensation bei der nächsten Sitzung des Landtages aufwarten. Seine Untersuchungen haben jetzt die absolut sichere Beteiligung von (………………) als Drahtzieher eines Pharmaunternehmens gefestigt.

Hannes hoffte ihn jetzt endlich aus dem Landtag feuern zu können. Er wollte die Justiz einschalten, denn nur wenn die Beweise stichhaltig wären, könnte er es schaffen. Und auch nur dann kann seine Immunität aufgehoben und er verurteilt werden.

Unter dem Siegel der Verschwiegenheit erzählte er es mir, wollte aber gleichzeitig wissen, ob ich ebenfalls etwas erfahren habe. Dann erzählte ich ihm die Geschichte mit meiner Zwillingsschwester in Kanada. Gerade erwähnte ich die Gruppe, die sich in Kanada mit meinem Fall beschäftigt, da unterbrach er mich und fragte: „Ist das die Gruppe in der Dr. Mirco Havel tätig ist?" Ich fiel aus allen Wolken, woher sollte Hannes das wissen? Von dort kommen auch seine Informationen und die können beweisen, dass (……………………) einer der Drahtzieher ist.

Diese kanadische Hackergruppe hätte sich in den Rechner einiger Pharmaunternehmen gehackt und geheime Dokumente gefunden die ganz klar belegen, dass sie diesen (……………………) eingekauft haben.

Da dieser (……………………) bisher alle Untersuchungsausschüsse des Landtages ohne Schaden zu nehmen überstanden hat, haben sie mit ihm diesen Kuhhandel abgeschlossen. Ich konnte nur noch staunen weil jetzt alles so schnell ging.

Von meiner Zwillingsschwester erfuhr ich dann auch noch, dass Dr. Pavel Schweidt inzwischen in Kanada eingetroffen sei und er sich sofort dieser Havel-Gruppe angeschlossen hat. Die tschechische Ärztekammer hatte ihm nahegelegt das Land zu verlassen, wenn er seine Promotion nicht verlieren wollte.

Dann erfuhr ich weiter, dass Dr. Pavel Schweidt schon seit längerer Zeit Kontakt zu der Havel-

Gruppe hat. Sie haben ihn schon mehrmals eingeladen nach Kanada zu kommen, doch bisher hat Dr. Pavel Schweidt das jedes Mal abgelehnt mit der Begründung: „Hier in meiner Heimat fühle ich mich wohl und hier möchte ich leben!"

Mittlerweile ist der Fall meiner Virusinjektion so weit fortgeschritten, dass er sich entschlossen habe seine tschechische Heimat zu verlassen und in Kanada neu anzufangen. Er hätte zur Havel-Gruppe gesagt: „Wir Tschechen müssen doch zusammenhalten!"

Die Havel-Gruppe hat dann beschlossen, mit Dr. Pavel Schweidt als Kronzeugen, die Manipulation verschiedener Pharmaunternehmen öffentlich zu machen. Dazu war das Internet der beste Ort der Weltbevölkerung zu zeigen wozu manche Pharmaunternehmen fähig sind.

Hannes bekam diese Information von einer seiner Quellen und setzte alles daran den Untersuchungsausschuss einzuberufen. Das war aber wieder einmal nicht so schnell möglich, denn die Abgeordneten der verschiedenen Parteien mauerten, wie immer, wenn es um persönliche Angelegenheiten ging. Hinzu kamen noch interne Parteiinteressen, und keiner wollte es sich mit dem Anderen verscherzen, denn das könnte die Wiederwahl als Abgeordneter für den nächsten Landtag gefährden.

Hannes schaffte es dann schließlich doch einen Untersuchungsausschuss einzuberufen, doch niemand wollte die Position des Vorsitzenden.

Die Havel-Gruppe in Kanada hatte davon Wind bekommen und entschloss sich für die Freigabe im Internet. Sie veröffentlichten ihre Untersuchungen auf Google, Facebook, Instagram und einigen anderen Internet-Plattformen. Sofort brach eine Welle der Empörung los. Die Havel-Gruppe wurde wieder als die Bösen hingestellt, die immer alles in den Dreck ziehen. Seitenlange Kommentare der Betroffenen folgten. Niemand wollte das glauben was sie jetzt lesen konnten.

Die Berufsgenossenschaften, die Ärztekammern und die Pharmaunternehmen drohten sogar mit Verleumdungsklagen. Der Havel-Gruppe war das ganz egal. In Kanada konnte man ihr nichts anhaben. Sie hatten in den zurückliegenden Jahren schon zahlreiche Verleumdungsklagen abgewiesen. In Kanada werden sie durch Paragrafen und Gesetze der kanadischen Verfassung geschützt. Sie brauchten vor niemandem Angst haben. In der Bevölkerung genossen sie durch die Veröffentlichung noch größeres Ansehen als bisher.

Ein Sturm von e-mails überhäufte die Gruppe mit anerkennenden Kommentaren. Sogar einige Menschen, die während der Zeit operiert worden waren wie ich, und auch seit einiger Zeit an CLL erkrankt sind, meldeten sich zu Wort und verfolgten diese Veröffentlichungen der Havel-Gruppe in den sozialen Medien mit großer Spannung.

Aus ihren Kommentaren war zu entnehmen, dass sie sich Hoffnung machten vielleicht dafür entschädigt zu werden. Bisher hatten sie nie das Geringste darüber erfahren. Sie mussten genau wie ich mit der CLL leben. Der Untersuchungsausschuss des Landtages wurde nicht einberufen. Es war ein herber Nackenschlag für Hannes Eisenherz. Damit hatte er nicht gerechnet. Schon wieder wird ihm dieser (……………………) durch die Lappen gehen.

Er verstand die Welt nicht mehr. Das war zuviel für ihn. Er meldete sich im Landtag ab und wollte einen längeren Urlaub antreten. Mit seiner Fallschirmspringertruppe wollte er in seine Hütte in den Bergen. Sie wollten dort für den nächsten Wettkampf das Zielspringen üben.

In dieser Zeit erfuhr ich, dass die Pharmaunternehmen, Berufsgenossenschaften, und Ärztekammer und die Landtagsabgeordneten die hinter diesem Komplott standen mehr Macht besaßen als wir angenommen haben.

Zwischen diesen vier Gruppen gab es bestimmt die Vereinbarung: „Wenn einer drauf geht, gehen die anderen mit."

Anders konnte ich mir nicht erklären wieso der Landtag es nicht schaffte, bei den Beweisen, einen Untersuchungsausschuss einzuberufen. Für die Pharmaunternehmen stand sehr viel auf dem Spiel. Bei Bekanntwerden der Schweinerei würden sie einen sehr hohen Image-Verlust erleiden und die finanzielle Einbuße wäre enorm.

Für die Berufsgenossenschaften stände genauso viel auf dem Spiel. Würde die Virusinjektion nicht den erwarteten Erfolg bringen wie gewünscht, müsse sie die CLL letztendlich als Berufskrankheit anerkennen und den Betroffenen eine lebenslange Rente zahlen. Das würde bedeuten, die Anerkennung könnte für sie sehr teuer werden, wenn es noch mehr Erkrankte gäbe.

Da ist es wohl billiger, entsprechende verbrecherische Unternehmen mit Schmiergeld zu versorgen. Das ist bestimmt in der Vergangenheit schon mehrmals geschehen, denn anders kann ich mir nicht erklären, warum niemand (………………) das Geringste nachweisen konnte.

Somit kann man davon ausgehen, dass all diese Gruppen wie Pech und Schwefel zusammen halten, damit nichts, aber auch gar nichts, an die Öffentlichkeit kommt. Es sah wirklich so aus, als hätten sie alles im Griff, zumindest diese vier Gruppen. Die wirklichen Drahtzieher konnten nicht mit einer weltweiten Veröffentlichung meiner Blutuntersuchung durch die kanadische Hackerplattform der Havel-Gruppe rechnen.

Pech hatten sie in diesem Fall! Ausgerechnet Dr. Pavel Schweidt hat sich nach Kanada abgesetzt und mit den bei mir entdeckten Ergebnissen sogar in den sozialen Netzwerken für Aufsehen gesorgt. Anscheinend besaßen sie wirklich keine Macht über diese kanadische Hackergruppe.

Diese war außerhalb ihrer Reichweite und das war auch gut so. Ich war fest davon überzeugt, dass von nun an ein so perfides Verbrechen nicht mehr geschehen würde. Ich persönlich hatte keinen Nutzen davon.

Es war ein einmaliger Skandal in Deutschland. Alle Beteiligten beteuerten ihre Unschuld. (………………) war eine Beteiligung nicht nachzuweisen. Es verlief alles im Sande, aber mir half das nicht weiter. Weitere intensive Nachforschungen der Havel-Gruppe führten auch zu keinem Ergebnis, obwohl sie fast alle Patienten gefunden hatten, die außer mir noch mit dem Virus infiziert worden waren. Bei jedem der Betroffenen waren in der Folgezeit der Erkrankungen keine weiteren Blutuntersuchungen durchgeführt worden. Angeblich starben sie eines natürlichen Todes und nicht an der CLL.

Eines Abends, wir saßen beide vor dem Fernseher und sahen uns die Tagesschau an. Plötzlich ein Schreck. Auf dem Bildschirm war das Bild von Hannes Eisenherz. Der Nachrichtensprecher berichtete, dass Hannes Selbstmord begangen hätte.

Das konnten und wollten wir nicht glauben. Deswegen verfolgten wir den Bericht und sahen in der Berichterstattung, ganz in unserer Nähe, mitten auf einem Acker, ein abgesperrtes Areal mit aufgebauten Zelten. Genau dort wäre die Absturzstelle, so berichtete der Reporter.

Hannes hat bei einem Fallschirmsprung nicht die Reißleine für den Fallschirm gezogen. Dadurch hat sich der Fallschirm nicht geöffnet und er ist in den Tod gestürzt. Wir sahen die Absturzstelle auf dem Bildschirm und im Hintergrund konnten wir die Flugzeughallen eines kleinen Privat-Flugplatzes zu sehen.

Wir schauten uns kurz an, wussten beide gleichzeitig was wir wollten, und machten uns schnellstens auf den Weg zu der Absturzstelle. Es war wirklich ganz in der Nähe und nur einige hundert Meter entfernt. Ein Großaufgebot an Polizei- und Rettungswagen war vor Ort. Wir fragten uns ob für einen normal Sterblichen auch solch ein Aufgebot vor Ort wäre, aber hier handelte es sich ja schließlich um einen Politiker, einen Landtagsabgeordneten.

Und dann betraf es ja auch noch den bekanntesten Politiker des Landtages, der schon viele Male durch spektakuläre Untersuchungsausschüsse auf sich aufmerksam gemacht hat. Als ich dieses Polizeiaufgebot und die vielen Rettungswagen sah, glaubte ich dass die Landesregierung in diesem speziellen Fall kein Risiko eingehen wollte. Niemand wollte sich nachsagen lassen, dass dem verunglückten Fallschirmsprung eines Abgeordneten nicht genügend Aufmerksamkeit zuteil wurde.

Einige Sensationsreporter ließen durchblicken, bei seinem letzten Einsatz im Landtag wäre nicht alles nach Recht und Gesetz verlaufen. Anscheinend hätte sich Hannes hier zu weit vorgewagt und einigen Kollegen zu sehr auf die Füße getreten. Das haben die sich nicht gefallen lassen und dafür gesorgt, dass Hannes Eisenherz ein für alle Male „das Maul" gestopft werden sollte.

Was ich nicht begreifen konnte, woher hatten die Sensationsreporter die Gewissheit, dass es eindeutig Selbstmord war? Hatten sie vielleicht von der Seilschaft des (…………………) einen Tipp bekommen? Wussten sie, dass Hannes Eisenherz gerade hier seinen Fallschirmsprung absolvieren würde?

Für uns deutete natürlich alles darauf hin, dass es kein Selbstmord gewesen sein konnte, sondern Mord. Mit den Kenntnissen und dem Hintergrundwissen stand für uns fest, jemand hatte diesen Fallschirmsprung manipuliert. Wir verließen die Absturzstelle und richteten unser Augenmerk verstärkt auf die Berichterstattung. Auf fast allen Kanälen wurde von dem Absturz berichtet und jeder Sender berichtete unterschiedlich. Einer berichtete von Selbstmord, ein anderer von Mord. Ich dachte wir wissen es besser!

Hannes war, so glaubten wir, diesen Unternehmen zu gefährlich geworden und musste beseitigt werden. Denn wenn die Untersuchungen weiter gingen, würden sie noch „wer weiß was" aufdecken und das durfte auf keinen Fall geschehen!

Die Berichterstattung über diesen Fallschirmsprung nahm kein Ende. Sie wurde sogar in mehrere Länder weltweit übertragen. Die wildesten Spekulationen wurden aufgestellt. Sogar meine Zwillingsschwester rief aus Vancouver an und wollte wissen, ob das der Hannes Eisenherz war, der mir helfen wollte die Schweinerei aufzudecken.

Die Havel-Gruppe war auch entsetzt als sie von meiner Zwillingsschwester erfuhren, dass der angebliche Selbstmord Hannes Eisenherz betraf. Das machte den mir bekannten Arzt Dr. Pavel Schweidt richtig wütend. Er postete auf seinem Blog im Internet auf facebook sowie bei Instagram und rechnete gnadenlos mit diesen 4 Unternehmen ab.

Er schrieb unter anderem auch von seinem Gutachten das er in der Duisburger Klinik erstellt hatte. Auch von einer Manipulation mit einem Virus und dass er die ganze Geschichte angezeigt hat. Sogar von seinen Anfeindungen und Erpressungen durch die Ärztekammer und wie es ihm

in seiner Heimat erging, nachdem er alles aufdecken wollte.

Aber auch warum er daraufhin nach Kanada ge-
flohen sei, besser gesagt ausgewandert war, und
sich ausgerechnet der Havel-Gruppe angeschlossen hat. Dabei ließ er durchblicken, dass diese
Verbrecher es ihm sehr schwer gemacht haben
nach Kanada zu gehen. Er wusste aber, in Kanada
können sie ihm nichts anhaben und dort würde
er großes Ansehen genießen.

Mit dieser öffentlichen Anschuldigung in seinem
Blog löste er eine Welle der Entrüstung bei der
Ärztekammer aus. Es folgten weiter wüste Be-
schimpfungen, Beleidigungen und Drohungen.
Ja, auch vor Morddrohungen schreckte man
nicht zurück. Es war das erste Mal, dass sie öffentlich dazu Stellung bezogen. Der Havel-
Gruppe machte das nichts aus, sie waren unan-
tastbar in Kanada. Sie hatten in der Vergangenheit schon einige Peinlichkeiten und Verbrechen
großer Konzerne in den sozialen Netzwerken
angeprangert und dafür gesorgt, dass die Betroffenen sich entschuldigen oder Entschädigun-
gen zahlen mussten.

Die Beisetzung von Hannes Eisenherz war eine
Zumutung für die gesamte Familie. Die Men-

schen, die vorher Hannes im Landtag auf`s Korn genommen haben waren vertreten, an der Spitze (…………………….).

Vertreter der Ärztekammer, Berufsgenossenschaft und der Pharmaunternehmen waren auch unter der Trauergemeinde. Mit einer so starken Ansammlung von Verbrechern hat niemand gerechnet. Es war eine bodenlose Frechheit bei der Trauerfeier zu erscheinen. Und das Schlimmste war, man konnte ihnen nichts beweisen.

Ich sah in das Gesicht von Hannes Schwester, so versteinert und voller Wut und Hass habe ich sie noch nie gesehen. Die Trauerfeier wurde vom Landtag organisiert und finanziert, dagegen konnte seine Familie nichts machen. Ich hörte nur dass später eine private Trauerfeier im engsten Familienkreis stattfinden würde.

Meine Bemühungen diesen Unternehmen das Verbrechen an mir nachzuweisen waren damit vollends gescheitert. Ich musste einsehen, dass ich gegen diese Übermacht keine Chance hatte.

Nachdem sich die Lage einigermaßen wieder beruhigt hatte, bekam ich von der Havel-Gruppe einen Tip. Dr. Pavel Schweidt war noch nicht zufrieden, er wollte mir helfen und weiter recherchieren. Dabei kam Mr. Zufall ihm zu Hilfe. Er entdeckte nämlich, dass die CLL seit einiger Zeit als Berufskrankheit anerkannt worden war.

Um mir das zu erzählen, rief er mich direkt aus Kanada an und meinte, damit habe ich eine große Chance wenigsten auf diesem Weg noch für die absichtliche Erkrankung entschädigt zu werden. Er meinte, ich sollte so schnell wie möglich nochmals einen Antrag bei der Berufsgenossenschaft auf Anerkennung der CLL als Berufskrankheit unter BK 1318 stellen, damit mir Gerechtigkeit widerfahren würde.

Vielleicht habe ich ja noch Glück im Unglück.

Bereits veröffentlichte Bücher des Autors:

Das **»Neueste«** von **RUDOLPH** red-nosed **Reindeer.**

Die „moderne" Geschichte des wohl bekanntesten
Rentiers der Welt erzählt von seinen Eltern,
seiner Geburt und wie er zu seinem Namen kam.

Wie Rudolph dann in seinem Rentierdorf,
das **„Rotes-Nasen-Land"** hieß, heranwuchs
und sich veränderte auf dem Weg nach **„Toyland".**

Sie zeigt was er in **„Santa-Claus-City"** erlebt und wie
er das **„Führungsrentier"** von „Santa's Rentier-crew"
wurde.

ISBN: 978-3-7322-8060-5   ISBN: 978-3-7347-7669-4

„Santa`s Rentier-crew"

Sieben spannende Geschichten der einzelnen
Rentiere, die mit Rudolph den Schlitten
durch die Lüfte ziehen.

Dasher,
das größte Rentier vom Baikalsee in Sibirien.
Dancer,
das stärkste Rentier vom Ladogasee in Karelien.
Prancer,
der stolze Tänzer aus Labrador in Kanada.
Vixen,
aus dem Hochland von Patagonien, Argentinien.
Comet,
sein Ursprungsland war Lappland, Norwegen.
Cupid,
ein Inuit-Rentier von der Eisinsel Grönland.
Donner und **Blitzen,**
sind Zwillinge aus dem Erzgebirge in Deutschland.

Abschließend schrieb ich eine schöne Geschichte
über die 3 Söhne von Santa Claus und Mrs. Santa.
Die Anregung dazu gab mir mein Enkel Dennis,
der damals etwa 7 Jahre alt war.
Er hat mich dabei kräftig unterstützt.

Falls sich jemand beim Lesen meiner Geschichten im
„Traumland" befindet, habe ich das genauso gewollt!